Кинороман

Романы Александра Звягинцева:

Цикл о Валентине Ледникове
Эта женщина будет моей
До встречи в Лондоне
Ярмарка безумия
Принуждение к любви
Швейцарские горки
Естественный отбор

Цикл о майоре Сарматове
Сармат. Группа первая. Резус положительный
Сармат. Стабильное неравновесие
Сармат. Молчание посвященных
Сармат. Эффект бумеранга

Кинороман

Александр Звягинцев

Сармат. Группа первая. Резус положительный

АСТ
АСТРЕЛЬ
МОСКВА

УДК 821.161.1-3
ББК 84(2Рос=Рус)6-4
З-45

Оформление дизайн-студии «Графит»

Звягинцев, А. Г.

З-45 Сармат. Группа первая. Резус положительный / Александр Звягинцев. — М.: Астрель: АСТ, 2010. — 282, [6] с. — (Кинороман).

ISBN 978-5-17-067658-3 (ООО «Издательство АСТ»)
ISBN 978-5-271-28360-4 (ООО «Издательство Астрель»)

Он страшен в гневе и неистов в любви. Он может страдать и ненавидеть. Он может все, только не может одного — предать...

В Никарагуа он был известен как капитан сандинистов Хосе Алварес, в Анголе — как лейтенант Санчес, в Мозамбике — как капитан Кригс. На самом же деле этот герой тайных войн, способный выполнить любое, самое невероятное задание командования, — Россиянин майор Сарматов. Но знают об этом только начальство майора да вечный его противник во всех точках земного шара, где Сарматову приходилось действовать, — полковник ЦРУ Джордж Метлоу. И вот судьба вновь сводит двух суперпрофи...

УДК 821.161.1-3
ББК 84(2Рос=Рус)6-4

Подписано в печать 05.03.2010

Формат 84x108/32. Бумага офсетная.
Усл. печ. л 16,8. Тираж 3000 экз. Заказ № 4984
Общероссийский классификатор продукции
ОК-005-93, том 2; 953000 - книги, брошюры.
Санитарно-эпидемиологическое заключение
№ 77.99.60.953.Д.012280.10.09 от 20.10.2009 г.

ISBN 978-5-17-067658-3 (ООО «Издательство АСТ»)
ISBN 978-5-271-28360-4 (ООО «Издательство Астрель»)

Москва,
4 мая 1988 года

Седеющий генерал склонился над картой. Узловатый палец уперся в кружок на стыке ущелий, переходящих в закрашенную зеленым цветом равнину.

— Вот здесь кишлак, майор. Понимаешь, места там глухие, нами и хадовцами никогда не контролировались. До пакистанской границы, если верить карте, километров десять. — Грузный седовласый генерал искоса посмотрел на стройного, атлетического сложения мужчину в ладно сидящем костюме.

— Считаете, что карта ненадежна? — спросил тот.

— Как сказать... Скопирована с английских карт времен англо-афганской войны.

— Ну, тогда верить можно! — кивнул его собеседник и также начал водить пальцем по нарисованным извилинам. Не так просто поверить в то, что где-то далеко в точном соответствии с этими невзаправдашними линиями существуют реки, дороги, ущелья и горы. — Это тропа на Пешавар? — наконец спросил он у генерала.

— Была тропа. Теперь это грунтовая дорога, по которой из Пешавара к «духам» идут караваны с оружием.

— Штатники пешком ходить не любят — скорее всего, он приедет на джипе, — задумчиво сказал мужчина и повернулся к высокопоставленному собеседнику. — Уточните боевую задачу, товарищ генерал.

Генерал бросил слегка настороженный взгляд на дверь кабинета и, понизив голос, произнес:

— Полевых командиров можно и убрать... Они — дело десятое. Главное для нас — американец, понимаешь? Его живым нужно взять — и только живым! Кстати, портрет его имеется. Взгляни...

На цветном фото — полковник «зеленых беретов» армии США: широкий разворот плеч, солидная колодка орденских планок на мундире и белозубая американская улыбка, будто насильно приклеенная к мужественному, волевому лицу и оттого выглядящая неестественно.

Майор, взглянув на фото, произнес:

— Где-то я уже встречался с этим улыбчивым полковником.

— Вполне возможно, — усмехнулся генерал.

— Имя известно?

— Имен у него более чем достаточно! В Анголе — Смит, в Мозамбике — Браун, в Никарагуа — Френсис Корнел. А настоящее имя узнаем, когда ты мне его сюда доставишь. — Генерал кивнул на окно, за которым багровели в весеннем мареве кремлевские башни. — Вынь, понимаешь, да положь им этого американца! Для чего он им так понадобился, даже я не могу взять в толк. Но, судя по всему, майор Сарматов, тебе и твоим архаровцам предстоит задание особой государственной важности. Государственной, понимаешь?!

— Постараемся оправдать ваше доверие, товарищ генерал! — отчеканил майор и принялся снова рассматривать фотографию. — Встречался я с ним, точно знаю! Но где, когда?..

— Я бы на твоем месте не удивлялся: Ангола, Мозамбик, Ливан, Никарагуа... Где ты, там и он. — Генерал бросил на майора насмешливый взгляд. — Уж не судьба ли, Сармат, за тобой по белу свету рыщет?..

— Я в судьбу не верю, товарищ генерал, — пожал плечами тот. — Доверять промыслу судьбы в нашей работе — дело недопустимое.

Улыбка медленно растаяла на лице генерала, и он не спеша начал вышагивать взад-вперед по кабинету.

— Будем говорить серьезно, майор. Скорее всего, этот янки — специалист по нашей тактике. Там, где он объявляется, жди активизации противостоящих нам сил. В Пешаваре на нем координация действий «духов», причем он находит язык с полевыми командирами разной политической окраски. За ним охотились ребята из «Штази» и молодцы Кастро, но им он оказался не по зубам. Теперь твоя очередь рискнуть!

Майор кивнул и повернулся к карте.

— Что-то тебя смущает, майор?

— Есть одна незначительная деталь, которая не дает мне покоя, — с усмешкой ответил тот. — А именно — близость пакистанской границы.

— Ты, как всегда, прав. Эта незначительная, как ты выразился, деталь существенно усложняет дело. Потому и посылаю тебя...

Майор пристально посмотрел на генерала, в глазах его отразилась напряженная работа мысли.

— Когда у них сбор в этом кишлаке? — наконец спросил он.

— Разведка сообщает: в ночь на девятое мая.

Майор резко развернулся и, с трудом скрывая раздражение, с некоторой долей растерянности сказал:

— Товарищ генерал, вынужден напомнить вам, что моя группа после очередного выполненного задания еще даже не успела приступить к реабилитации...

— Знаю, — мрачнея лицом, прервал его генерал. — Все я понимаю, майор, знаю, что твои мужики пашут как ломовые! — кивнул он в сторону окна. — И этот вопрос поднимался, когда мы совещались, советовались там... с ответственными товарищами. Однако, несмотря на все «против», решение было единогласным — идти тебе. Расчет тут, понимаешь, простой — твое умение ювелирно работать вслепую. Ведь в данном случае мы не имеем никакой возможности тщательно подготовить операцию...

— Утешили, товарищ генерал!.. Нечего сказать! — сердито прищурился майор.

— Не кипятись, Сармат. Ничего не поделаешь. Ты и твоя группа — лучшие, а это значит, что вы всегда будете нужны, и никому зачастую не будет дела до того, отдыхаете ли вы вообще когда-нибудь, или нет.

Генерал вздохнул, сочувственно окинул майора цепким взглядом и не спеша продолжил:

— Есть еще одна новость, которая, я чувствую, не очень-то тебя обрадует. В группу прикрытия к тебе назначен капитан Савелов из параллельного управления...

— Кто?.. Савелов? — Лицо майора окаменело.

— Знаешь ведь его?

— Встречались... — выдавил Сармат. — Скажите, товарищ генерал, мое мнение о капитане Савелове может иметь значение?..

— Имеет значение его мнение о тебе! Знаешь, чей он зять?..

— Не знаю и не хочу знать, но...

— Никаких «но»! Между прочим, Савелов сам к тебе напросился.

— Странно!.. — криво усмехнувшись, произнес майор.

Генерал положил руку ему на плечо и, покосившись на дверь, тихо, с просительными нотками в голосе сказал:

— Не помешает тебе Савелов. Ты уж притащи этого американца, а?.. С себя Золотую звезду сниму — на твою грудь повешу. Я помню — тебе Звезда еще за Никарагуа полагалась, да вот, понимаешь... Очередь, как сказали, не дошла!..

— Ладно, товарищ генерал. За Звезду я не в обиде...

— Что царям да псарям до наших обид, Сармат! — обронил генерал и нажал кнопку сбоку стола. Затем он наклонился к самому лицу майора так близко, что тот явственно различил запах хорошего французского одеколона, въевшийся в бритые щеки начальника, и произнес тихо, но с непререкаемой убежденностью в голосе: — Они, цари и псари, приходят и уходят, Сармат, а мы с тобой остаемся... Ты помни про это!..

В дверях появился офицер с подносом в руках. Генерал кивком отпустил адъютанта, и тот так же бесшумно, как и вошел, покинул кабинет. Генерал кивнул на стул, приглашая майора присесть:

— Кофе?

— Спасибо! Не употребляю, товарищ генерал.

— После Никарагуа? — усмехнулся тот и достал из стола бутылку марочного коньяка. — Вас сколько человек туда послали?

— Девяносто семь, — отчеканил майор.

— А вернулось?

— Тридцать шесть.

Генерал тяжелым взглядом посмотрел на чашку черного кофе и внезапно резко отодвинул ее дрогнувшей рукой, так, что кофе выплеснулся через край и растекся на полированной поверхности стола небольшой темной лужицей. Генерал хрипло выдавил из себя:

— Скольких ребят там положили — и что?.. Все впустую!.. И впрямь этот кофе на крови!

Тревожная, гнетущая тишина повисла в кабинете. Каждый думал о своем. Внезапно генерал передернул плечами, будто пробуждаясь после сна, и, откашлявшись, протянул руку к бутылке. Разлив коньяк, он решительно оторвал от стола свою наполненную всклень рюмку:

— Давай помянем всех, что ли...

— Нет, товарищ генерал! Вот вернусь с задания — тогда... Тогда уж всех сразу...

Генерал хмуро кивнул в ответ, покачал головой и, опрокинув в рот рюмку, резко и отрывисто произнес:

— В общем, так... Приказываю: американца взять живым, и только живым! Не считаясь с потерями... И вот еще что: лишних вопросов ему не задавать!..

— Разрешите приступить к выполнению задания? — вытянулся майор по стойке «смирно».

— Приступай! Сценарий операции в оперативном отделе. Толку от него, скорее всего, будет немного, но там старались... И еще... Поаккуратней там с этим Савеловым, а то, понимаешь, потом не отмоешься... Но главное — на пакистанскую сторону и щепки не должно перелететь! Сам знаешь — Женевские переговоры... Там, если что случится, такое раздуют, что головы на всех уровнях полетят.

— Я не бог. Но то, что от нас зависит, сделаем, товарищ генерал!..

— Не бог!.. — усмехнулся генерал. — Ты бог, Сармат! Бог войны! Иди, иди и не забывай, о чем мы тут с тобой говорили!..

— Есть! — выдохнул Сарматов и, повернувшись через левое плечо, почти армейским шагом покинул кабинет.

Восточный Афганистан,
7 мая 1988 года

Барражирующий над угрюмыми хребтами вертолет кажется крошечной точкой, комариком в беспредельном, полыхающем кровавыми закатными сполохами азиатском небе. Затянутые туманом ущелья, снежные вершины и горные разломы уходят под брюхо вертушки, а им на смену выплывают бирюзовые квадраты посевов, со всех сторон обступающие низкие глинобитные кишлаки, светлые полоски арыков и красные полотнища цветущего мака.

Круглолицый синеглазый летчик, окинув взором нескончаемые поля мака, крикнул второму пилоту:

— А мака-то, мака сколько!.. Видать, на опиум сеют!

— Азия!.. Гиблый край! — крикнул тот в ответ. — Отсюда «дурь» по всему миру расходится.

— А ты ее пробовал?

— Как-то с ребятами в училище, ради интереса, приходилось.

— И как она?

— Наутро голова тяжелая, хуже, чем с бодуна...

Синеглазый пилот засмеялся — улыбка сделала его лицо совсем юным — и запел во все горло:

— ...Ну, а у нас на родине, в Рязани, вишневый сад расцвел, как белый дым...

Увидев появившегося в проеме двери в камуфляжной форме, с парашютной укладкой — рюкзаком за плечами Сарматова, синеглазый пилот перестал петь и, перехватив его взгляд, показал на часы и крикнул:

— Порядок, пехота, идем по графику!

Сарматов наклонился к самому его уху и спросил:

— Капитан, что делают летуны, когда вертушка в ступор входит?

— Отрывают себе яйца, — отшутился пилот.

— Зачем?

— Больше не пригодятся! — смеясь, ответил синеглазый.

Сарматов властно притянул к себе его голову и крикнул:

— Чтобы они при тебе остались, капитан, если десятого в семь по нулям нас с воздуха на точке рандеву не увидишь... к скалам поближе — и рви когти, сечешь?..

— Ты чего, майор? — растерянно переспросил синеглазый.

— Я-то ничего, а вот пакистанские «фантомы» — это уже кое-что. Понял, Рязань косопузая?..

— А как же вы?..

— Мы-то?.. А нам у соседа грушу обтрясти, как два пальца об асфальт! — засмеялся Сарматов и, хлопнув пилота по спине, ушел обратно в салон.

В салоне двенадцать дюжих мужчин. Все они одеты в такую же камуфляжную форму, что и Сармат; у тех, что бодрствуют, усталые глаза, в которых роковой печатью отмечена и тревога, и решительность бывалых бойцов. А четверо, прислонившись спинами друг к другу, безмятежно спят, сидя на полу: гигант с детскими припухлыми губами и густой черной шевелюрой — старший лейтенант Алан Хаутов; цыганского, разбойного обличья, только серьги в ухе не хватает, — капитан Бурлаков, для товарищей просто Ваня Бурлак; с оспенной рябью на скуластом лице и мощной бычьей шеей — подрывник, лейтенант Сашка Силин по прозвищу Громыхала. Он шевелит во сне губами, будто читает невидимую книгу, вздрагивает, время от времени открывает глаза, но тут же снова погружается в забытье. Сарматов перевел взгляд с него на разбросавшего длинные ноги мужественного красавца лейтенанта Шальнова, потом на спину сидящего у блистера капитана Савелова. Словно почувствовав взгляд, Савелов повернулся, поднял на Сарматова въедливые серые глаза и сел перед ним на корточки.

— Игорь, мне передали, что ты не в восторге от моего назначения в группу... Может, настало время расставить все точки над «i» и определиться в наших отношениях? — сказал он и добавил: — Сам понимаешь, дело нам предстоит непустяшное и разлад в группе только добавит новых проблем.

— Наши отношения определены уставом и служебными инструкциями, капитан, — пожал плечами Сарматов и отвернулся от его ждущих глаз.

На красивое, точно скопированное с античных монет лицо Савелова легла тень раздражения и неудовлетворенности.

— Зря ты так, Игорь, — огорченно сказал он. Сарматов показал на часы.

— Пилить еще час и семь минут — советую этот час спать. Поставить крест на всей прошлой жизни и спать! А наши с тобой отношения определит... бой. Теперь он для нас и генеральный прокурор, и верховный судья...

Савелов хмуро кивнул и вернулся к блистеру, где, устроившись поудобнее, попытался заснуть. Сарматов привалился к вибрирующему борту и тоже закрыл глаза.

Только плохо спалось бравому майору. И не о будущей операции думал он. Все мысли Сармата были в прошлом. Так всегда, перед предстоящей акцией сознание как бы намеренно переносило его в то спокойное время, когда еще не было никаких особых резонов опасаться за свою жизнь. Быть может, это сработала система самосохранения организма. Таким образом человеческая психика защищалась от внешних раздражителей, способных не просто подорвать, а полностью исковеркать ее.

Поэтому вместо картин грядущих сражений видел майор Сарматов алеющие в степи нежные венчики лазориков... Из своего далекого детства.

Средний Дон,
май 1959 года

Пелена утреннего розового тумана укрывает прибрежные левады и заречные плавни. С крутояри кажется, что река наполнена не весенней мутной водой, а парным, пенным, дымящимся молоком. Масляно переливаются в нем солнечные блики, расплываются дробящимися кругами, когда пудовый сазанище выпрыгивает на поверхность, чтобы миг один глотнуть настоянного на емшан-траве горького воздуха и снова уйти в темную глубину.

Не потерявший былой силы и стати громадный старик с седыми усами и гривой белых как снег волос тронул черенком нагайки пацаненка, застывшего с открытым ртом от созерцания этой земной красоты, и со спрятанной в усах улыбкой сказал:

— Полюбовался Доном Ивановичем, и будя! А то всех коней разберут, а тебе лошадь достанется.

— Деда, а чем конь отличается от лошади? — спросил вихрастый мальчуган, поспевая бегом за широким дедовским шагом.

— Брюхом! — ответил старик, направляясь к стоящей на горе конюшне.

Перед конюшней, в загоне, с десяток заморенных, вислобрюхих лошадей тянулись к подошедшим мосластыми мордами, на которых светились скорбным светом всепонимающие глаза. Сморкнувшись, старик отвернулся от них и сердито спросил у корявого, заросшего щетиной мужика, от которого так разило перегаром, что, казалось, даже мошкара падала вокруг замертво:

— Почто животину заморили — ни в стремя, ни в беремя теперича ее?!

— Дык в колхозе-то ни фуража, ни сена, в зиму-то лишь солома ржавая! — ответил тот, часто моргая мутными глазами.

— Брешешь, чудь белоглазая! — подал голос невесть откуда взявшийся коренастый старик в длинной вытертой кавалерийской шинели. И, обращаясь к деду, сообщил: — Пропили они с бригадиром да ветеринаром и фураж, и сено...

— Не пойман — не вор! — взвился корявый.

— Вор! — гневно крикнул в ответ старик и вновь повернулся к деду. — В казачье время за такое сверкали бы на майдане голыми сраками...

— Дык время ноне не ваше — не казачье, а наше — народное! Накось выкуси! — крикнул корявый и сунул впереди себя грязный волосатый кулак.

— Цыц, возгря кобылья! — гаркнул на него старик в шинели и для острастки замахнулся нагайкой. — Понавезли вас!..

Мужик на глазах потерял всю свою смелость и с явной поспешностью скрылся в темноте конюшни, а старик в длинной шинели стоял и внимательно всматривался в лицо деда.

— Никак Платон Григорьевич? — наконец после длительного молчания недоверчиво спросил он.

— Здорово ночевали, э... Кондрат Евграфович! — несколько ошеломленно ответил дед, протягивая ему руку. — Не гадал встренуться, паря. Думал, сгинул ты в колымских краях.

— Летось ослобонили по отсутствию состава преступления.

— Гляди-ка! А за то, что, почитай, вся жизнь псу под хвост, спрос с кого?

— Расказачивание... мол, перегиб и все такое. Сталин, мол, виноват — с него и спрос, — невесело усмехнувшись, ответил старый дедов знакомец.

— Да-а, лемехом прошлась по нам, казакам, Россия!.. — вздохнул дед.

— Чего там гутарить! Она для своих-то, русских, хуже мачехи, а уж для нас-то, казаков! За тридцать лет насмотрелся я на нее... Хучь спереди, хучь сзади — одно дерьмо! — неприязненно передернув плечами, сказал старик.

Старые знакомые сели на грубую, сколоченную из неровных подгнивших досок лавку перед конюшней, завернули самокрутки и продолжили свой невеселый стариковский разговор. Мальчонка пристроился рядом с дедом и жадно ловил каждое слово.

– А я, как сейчас помню, Платон Григорьевич, тебя и батяню мово, Евграфа Кондратича, царство ему небесное, в погонах есаульских золотых, при всех «Егориях», – сказал старик в шинели и наклонился к деду ближе. – Сказывал один в ссылке, что это ты достал шашкой комиссара, который батяню твово в распыл пустил...

– Чего гутарить о том, что было? – проронил дед и, глядя куда-то в задонские дали, со вздохом добавил: – То все быльем-ковылем поросло, паря...

– И то верно! – согласился Кондрат Евграфович и мягко сменил тему разговора. – А сыны твои где? Прохор, Андрей, погодок мой, Степа?.. По белу свету, чай, разлетелись?

– Разлетелись! – кивнул дед. – В сорок первом, в октябре месяце, когда германец к Москве вышел, под городом Яхромой сгуртовались казаки и по своей печали прорвали фронт и ушли гулять по немецким тылам. Добре погуляли! Аж до Гжатска, почитай, дошли... Как говорится, гостей напоили допьяна и сами на сырой земле спать улеглись. Не вернулись мои сыновья с того гульбища. Все трое не вернулись. И могилы их не найти, лишь память осталась.

— Вона што! — вырвалось у Кондрата Евграфовича, и, заглянув в лицо старика, он спросил с надеждой: — А поскребыш твой?.. Я ему еще в крестные отцы был записан.

Платон Григорьевич прижал к плечу пацаненка, хмуро произнес:

— Гвардии майор Алексей Платонович Сарматов пал геройской смертью под корейским городом Пусаном семь лет назад. — Он кивнул на пацаненка. — Этот хлопец, стало быть, Сарматов Игорь Алексеевич. Мы с ним вдвоем казакуем, а мамка его, как Лексея не стало, по белу свету долю-неволю шукает...

— Эх, жизнь моя! — нараспев воскликнул Кондрат Евграфович. — Лучше бы ты, Платон Григорьевич, не завертал сюды!..

— Не можно было!.. — сказал тот и подтолкнул пацаненка. — Пора птенца на крыло ставить. Да смекаю, товарищи под корень вывели табуны наши сарматовские. А какие чистокровки-дончаки были!

— Помню, Платон Григорьевич! В императорский конвой шли без выбраковки.

Дед оглядел ветхую конюшню, обложивший ее высокий бурьян и произнес с печалью в голосе:

— Н-да, все прахом пошло!..

Кондрат Евграфович бросил на него взгляд и нерешительно молвил:

– Председательский жеребец по всем статьям вроде бы сарматовских кровей, тольки к нему не подступиться – не конь, а зверюга лютая.

– Кажи жеребца, Кондрат! – вскинулся дед. – Я нашу породу и по духу отличу.

Старик ушел в конюшню. Скоро из нее донеслось раскатистое ржание, и темно-гнедой дончак с соломенным, до земли, хвостом и роскошной гривой показался в воротах конюшни. Стремясь вырвать чомбур из рук Кондрата Евграфовича, конь взвился в свечку.

– Платон Григорьевич, перехватывай – не сдержать мне его! – крикнул старик, что есть силы пытаясь удержать коня на месте.

Дед бросился к шарахнувшемуся от него жеребцу и схватил его под узду.

– Чертушка белогривый! – сказал он, глядя на коня загоревшимися глазами. – Выжил, сокол ты мой ясный! Покажись, покажись, Чертушка! Блазнится мне, что твои дед и прадед носили меня по войнам-раздорам... По японской, по германской и по проклятой Гражданской... Последний кусок хлеба и глоток воды мы с ними пополам делили, вместе горе мыкали!..

Чертушка захрапел, раздувая ноздри, и в ярости стал рыть землю копытом.

– Не связывайся с ним, Платон Григорьевич! – запричитал старик в шинели. – Зашибет, зверюга необъезженная!

Но дед словно и не слышал его. Он потрепал коня по крутой шее, перебрал узловатыми пальцами его соломенную гриву и начал разговаривать с ним на каком-то непонятном языке, древнем и певучем. Этот язык понимает любой степной конь. И, прислушиваясь к словам, Чертушка склонил к седой голове старика свою гордую голову, выказывая полное смирение. Старик приник к его груди лицом и никак не мог надышаться конским запахом, который для природного казака слаще всех запахов на свете.

— Эхма! — воскликнул изумленный Кондрат Евграфович. — Тольки встренулись, а друг к дружке!.. Выходит, кровь — она память имеет!.. Али приколдовал ты его чем? А?

— Чавой-то старый хрен со скотиной, как с бабой, в обнимку? — угрюмо спросил колченогий мужик, высунувшийся из дверей конюшни. Икая, он затряс отечным лицом, будто отгоняя тяжкое похмелье, и сказал зло, с какой-то затаенной давнишней обидой: — Не-е, казаков пока всех под корень не сведешь, дурь из них не вышибешь! Скотине безрогой почтение, как прынцу какому!..

Кондрат Евграфович обжег колченогого взглядом, и тот попятился в глубь конюшни, от греха подальше.

— Ты че, старый?! Че, че, че ты?.. — запинаясь, затараторил он и оттого стал выглядеть еще более убогим и никчемным.

— Сгинь с глаз, вша исподняя! Сгинь!!! — люто выдохнул старик и ударом нагайки, как косой, срезал куст прошлогоднего бурьяна.

— Контра недорезанная! — злобно огрызнулся уже из темноты конюшни колченогий.

Старик зашел внутрь конюшни и через несколько секунд появился вновь, неся седло и сбрую, которые отдал Платону Григорьевичу. Тот обрядил коня, а потом несколько раз провел Чертушку под уздцы по кругу и только после этого позвал истомившегося пацаненка:

— Не передумал?

— Не можно никак, деда!..

— Добре! — усмехнулся Платон Григорьевич и, взяв его за шкирку, как щенка, бросил в высокое казачье седло. Чертушка от неожиданности прыгнул в сторону и вновь поднялся в свечку.

— Держись, бала!!! — крикнул дед, отпуская узду.

Почувствовав свободу, Чертушка легко перемахнул жердяной забор и по древнему шляху, мимо конюшни, пошел наметом в лазоревый степной простор.

Старик в шинели, с волнением наблюдающий за происходящим, схватил деда Платона за плечо:

— Держится в седле малец! Едри его в корень, держится! По-нашему, по-казачьи — боком!

— В добрый час! — ответил дед.

— А может, и впрямь, Платон Григорьевич, козацькому роду нэма пэрэводу, а?..

Дед усмехнулся в седые усы и, подняв руку, окрестил степной простор.

— Святой Георгий — казачий заступник, поручаю тебе моего внука! — торжественно произнес он. — Храни его на всех его земных путях-дорогах: от пули злой, от сабли острой, от зависти людской, от ненависти вражеской, от горестей душевных и хворостей телесных, а пуще всего храни его от мыслей и дел бесчестных. Аминь!

А пацаненок тем временем мчался вперед, туда, где небо встречалось с землей, где сиял клонящийся к закату золотой диск жаркого донского солнца. Степной коршун при приближении всадника нехотя взлетел с головы древней скифской бабы и стал описывать над шляхом круги. Пластался в бешеном намете Чертушка. Настоянный на молодой полыни тугой ветер выбивал слезы из глаз пацаненка, раздирал его раскрытый в восторженном крике рот. Хлестала лицо соломенная грива коня, уходил под копыта древний шлях, плыли навстречу похожие на белопарусные фрегаты облака, летело по обе стороны шляха ковыльное разнотравье, а в нем сияли, переливались лазорики — кроваво-красные степные тюльпаны. Говорят, что вырастают они там, где когда-то пролилась горячая кровь казаков, павших в святом бою.

Восточный Афганистан,
7 мая 1988 года

Камуфлированный, похожий на странную пятнистую рыбину вертолет преодолел скалистый хребет, и сразу внизу открылась поросшая чахлой растительностью долина, прорезанная, будто рукой неумелого хирурга, извилистой лентой реки.

— Мы на месте! — крикнул синеглазый пилот и, передав управление второму пилоту, пошел в салон.

— «Зеленка», майор! — затряс он дремлющего Сарматова.

Тот открыл глаза и рывком притянул пилота к себе:

— Крепко запомнил, что я тебе сказал, капитан?

Голос его был ясен и бодр, будто и не спал майор, не скакал минуту назад по родному степному разнотравью на быстром, как ветер, коне.

— Ну-у!.. — утвердительно кивнул пилот.

— И еще заруби себе... — продолжил Сарматов. — Сломай свою вертушку, напейся до бесчувствия, оторви своему генералу яйца и иди под трибунал, но без прикрытия истребителей за нами не вылетай!

— Усек! — кивнул капитан и, прежде чем скрыться в кабине, повернулся и улыбнулся Сарматову.

Тот, взглянув на часы, жестко скомандовал:

— К десантированию готовьсь!!!

Группа в несколько секунд выстроилась у десантного люка. Сарматов осмотрел бойцов, проверил крепление оружия, рюкзаков, парашютов и только после этого решительно махнул рукой:

— Ну, в добрый час! Па-а-ашел, мужики-и-и!..

Вертолет лег на обратный курс, а над сумеречной «зеленкой» остались парить только скользящие в сторону реки купола парашютов.

Восточный Афганистан,
8 мая 1988 года

В окулярах бинокля ночного видения ясно проглядывалась идущая из ущелья грунтовая дорога, раздваивающаяся перед самым кишлаком, как змеиный язык. Один конец ее уходил в кишлак и терялся в узких улочках с глинобитными дувалами, другой шел в обход селения, упирался в «зеленку» и скрывался за развесистыми, кряжистыми деревьями. На окраине кишлака, неподалеку от старинной мечети, одиноко маячил большой дом. Он был выстроен в том же стиле, что и остальные строения, но выглядел гораздо просторнее и богаче.

За дувалом из тесаного камня под густым платаном стояли оседланные кони и открытый джип, в котором спал за баранкой крепким сном водитель в униформе «зеленых беретов» США. С наружной стороны дувала, у низкой калитки, дремали, сидя на корточках, двое часовых. Еще двое кемарили у входа в дом.

Всю эту картину уже достаточно долго наблюдал в бинокль майор Сарматов. Оторвал его от созерцания побежденных сном солдат близкий шорох. Из темноты материализовались увешанные маскировочными ветками старший лейтенант Алан Хаутов и лейтенант Андрей Шальнов.

— Командир, за мечетью бээмпэшка, — шепотом доложил Алан. — Там семь «духов» барашка жарят, терьяк жуют. Пса два штука с ними.

— По псам ты у нас, Алан... — отозвался Сарматов.

— Есть, командир!

— А посты на тропе? — осведомился майор.

— Один пост в двух километрах от пакистанской границы. Трое их там было, да и те анашой обкурились до одури...

— Сняли без шума?

— Обижаешь, командир!.. Маленький мальчик мы, что ли!.. — усмехнулся Алан.

— Командир, их менять будут после утреннего намаза, — подал голос лейтенант Шальнов.

— Откуда знаешь? — насторожился Сарматов.

— Допросил их старшого... Он по-таджикски понимает.

— Бог даст, управимся к утру! — сказал Сарматов и, посмотрев на часы, щелкнул кнопкой на маленьком магнитофоне. — Оркестру пора начинать музыку, – загадочно оповестил он собравшихся.

Сунув магнитофон в расщелину и забросав его ветками, майор обернулся и, обращаясь к Шальнову, сказал:

– Андрей, за всеми хлопотами совсем забыл спросить – тебе кого твоя Ленка подарила-то?

Шальнов покраснел, как девочка, и начал переминаться с ноги на ногу. Смутившегося лейтенанта опередил Алан:

– Так ведь фирма веников не вяжет – одного девочку и одного мальчика. А ты, майор Сармат, крестный папа им будешь, так ребята решили!

– Ничего себе, – прошептал Сарматов и расплылся в улыбке. – Казачьему роду нет переводу!.. Надо же, двойня! А какой подарок мы им придумаем?

– Что вы, Игорь Алексеевич! – еще больше смутился лейтенант.

– Ничего, придумаем и пир горой закатим, лишь бы из этой передряги выпутаться! – мгновенно посерьезнев, убежденно сказал Сарматов и вдруг неожиданно ухнул по-совиному.

В ответ на уханье во мраке «зеленки» возникли «кусты» и со всех сторон обступили их. Сарматов прислушался к лаю собак в кишлаке. Уловив какой-то знак, понятный ему одному, он оповестил остальных:

– Мужики, объект на месте. Приехал на джипе. Работаем по основному сценарию. Вопросы есть?

Ответить те не успели – сбоку раздался жуткий шакалий вой, и обступившие Сарматова «кусты» стали настороженно оборачиваться по сторонам.

– Нервы лечить надо, мужики! – улыбнулся Сарматов. – Всю ночь придется слушать эту музыку...

– Магнитофон?! – наконец дошло до кого-то из группы. – Ну, ты и придумал, командир!..

Сармат усмехнулся и, взглянув на часы, сказал:

– Раз вопросов нет – бог в помощь, мужики!..

«Кусты» отступили во мрак.

– Капитан Савелов! – каким-то отчужденным голосом позвал Сарматов.

– Здесь, товарищ майор! – мгновенно откликнулся тот.

– После исполнения первого эпизода в затяжной бой не ввязывайтесь, капитан. Отрывайтесь сразу и выводите преследователей на джип, а потом попетляйте, сбейте их со следа.

– Есть вывести на джип и сбить со следа! – отчеканил капитан, и в темноте мелькнула тень козырнувшей руки.

– И еще... – уверенно и очень спокойно продолжил Сарматов. – Если десятого нас на точке рандеву не будет – сразу уходите на запасную точку и ждите там. Ни под каким предлогом не выходите в эфир, капитан. Вопросы есть?

– Вопросов нет, задание понятно, товарищ майор! – ответил Савелов. – Удачи вам! – вдруг прибавил он, смазав последнее слово, будто испугавшись чего-то.

— Удачи и вам, Савелов! — сказал майор Сарматов, и на сей раз в голосе его прозвучала вполне искренняя обеспокоенность.

Под шакалий вой, несущийся из расщелины, Савелов в сопровождении одного из «кустов» растворился во мраке «зеленки».

* * *

Вслушиваясь в вой и лай, доносящиеся со стороны «зеленки», часовые перед дувалом сонно переговаривались на фарси:

— В джихад — скота мало, хлеба мало, детей мало, женщин много, могил моджахедам много... О Аллах, милостивый и милосердный, покарай гяуров урус-шурави, принесших правоверным разорение!..

Где-то близко через шакалий вой прорезался собачий визг.

— Вах, вах, вах!.. Совсем осмелели шайтаны — на собак уже нападают! Вах, вах!

Через пару минут часовые погрузились в дремоту. Но они не успели даже вскрикнуть, когда на них навалились возникшие из ночного мрака люди-тени в черных масках на лицах. Сорвав с часовых халаты и тюрбаны, они унесли их под мрак «зеленки». Там, под прикрытием деревьев, их трупы обнаружат не скоро. Двое из ночных призраков облачились в тюрбаны и халаты и остались сидеть на корточках у стены дувала, вот только на фарси больше никто не говорил. А трое, перебросив через дувал рюкзаки, скрылись во дворе дома.

Чувствуя, что вокруг происходит что-то неладное, под платаном тревожно захрапели кони. Часовые у входа в дом настороженно оглядели двор, но, не заметив ничего подозрительного, успокоились и, сунув под язык очередную порцию терьяка, снова заснули с открытыми глазами. Возле одной из стен дома бесшумно возникла фигура Силина. Оставив под стеной рюкзак, он мгновенно скрылся в кустах.

Сарматов тем временем подобрался к храпящим лошадям и быстро успокоил их, потом с ловкостью кошки взобрался на развесистый платан и скрылся в его густой листве. Прямо под веткой, на которой он затаился, чернел джип, за баранкой которого спал «зеленый берет». Дождавшись, пока из «зеленки» вновь раздался шакалий вой, Сарматов метнул в шофера десантный нож. Тут же рядом с машиной материализовался человек-тень и, «сдернув» с сиденья тело «берета», оттащил его в кусты. Скоро спецназовец возвратился, уже переодетый в униформу американца, и занял место за баранкой. Сарматов облегченно утер пот с лица.

На востоке занялась розовая полоска утренней зари, вырисовывая силуэт ближайшего хребта. Из «зеленки» на кишлак начали наплывать рваные клочья тумана. Внезапно, как по команде, из конца в конец кишлака прокатилась надрывная петушиная перекличка, и под ее сопровождение на одной из улочек появилась фигура муэдзина, направляющегося к старинному облупившемуся минарету, с которого он ежедневно на протяжении многих лет призывал правоверных к утреннему намазу.

Стрелки на часах Сарматова двигались невыносимо медленно. Иногда майору казалось, что они вообще стоят на месте. Тогда он подносил часы к уху, вслушивался в их размеренное тиканье и, успокоившись, переводил взгляд на горы, которые рассвет уже окрашивал пастельным розовым светом, гася перевернутый серп месяца, зависшего над «зеленкой».

Прошло еще какое-то время, и вот уже донесся с минарета неестественно пронзительный для непривычного уха крик муэдзина. Кишлак ожил. Начался новый день.

За плотными шторами, надежно закрывающими окна дома от любопытных глаз, начало угадываться неясное движение. Не сводя взгляда с дверей, Сарматов весь напрягся и нажал кнопку миниатюрного радиопередатчика у себя на поясе. Едва он успел это сделать, как дверь дома распахнулась. Оглашая двор гортанными голосами, во двор вывалилась толпа вооруженных, по-восточному одетых людей. Всего их было человек тридцать, не меньше. Через несколько секунд в дверях показался высокий европеец в форме «зеленых беретов» армии США, сопровождаемый седобородым, почтенным эфенди и красивой белокурой женщиной, будто сошедшей с картинки рекламного журнала.

Сарматов достал из нагрудного кармана фотографию, ту самую, которой снабдил его генерал. Майор всмотрелся в улыбающееся полковничье лицо на карточке, затем перевел взгляд на офицера. Не было никаких сомнений в том, что человек, изображенный на фотографии, ныне прогуливался по двору. Сарматов снова нажал кнопку радиопередатчика. Тем временем офицер по-восточному церемонно пожал руку эфенди и что-то сказал ему. Красотка перевела его слова. Эфенди склонился в поклоне. Разговор закончен, офицер галантно раскрыл перед женщиной дверцу джипа и помог ей устроиться на заднем сиденье. Толкнув крепко спящего водителя, офицер стал усаживаться рядом с ним, и в тот же миг с ветки платана на него обрушился Сарматов, с помощью «проснувшегося» водителя он защелкнул на запястьях янки наручники. Трое людей в черных масках тут же выскочили из кустов, запрыгнули в джип и выбросили из него зашедшуюся в крике красотку. Ее вопли потонули в грохоте пулеметных и автоматных очередей, прорезавших утреннюю тишину.

Под этот грохот джип, протаранив ворота, вылетел из двора, в котором ржанье сорвавшихся с привязи лошадей, крики, стоны и взрывы гранат сплелись в одну страшную мелодию смерти. Стреляя из башенной пушки, из-за мечети выполз БМП, но залп из двух гранатометов завалил машину набок и разметал по сторонам бегущих за ней людей.

За джипом, мчащимся по узким улочкам кишлака, с яростным лаем неслись огромные псы. Преследовали его какое-то время и люди, но их беспорядочная стрельба не причинила пассажирам вездехода никакого вреда. Алан с Бурлаком отвечали преследователям с заднего сиденья скупыми очередями, а Силин деловито разбрасывал дымовые шашки.

Опомнившийся американец пришел в себя и попытался выбраться из-под навалившегося на него всем телом Сарматова. Однако выскочить из джипа ему не удалось — ударом ребра ладони под основание черепа Сарматов «успокоил» янки, и тот осел, уткнувшись лбом в панель.

— Силин, твоя сольная партия! — крикнул Сарматов.

— Есть сольная партия! — ответил тот и нажал кнопку радиопередатчика. Через мгновение небо над кишлаком будто раскололось — огромной мощности взрыв поднял в воздух богатый дом на окраине...

* * *

...На крутой, жмущейся к скале тропе джип мотало из стороны в сторону. От обрыва к скале, от скалы к обрыву. Порой колеса зависали над пропастью, но сидящего за рулем лейтенанта Шальнова это нисколько не смущало — к его мужественному лицу будто приклеилась снисходительная улыбка, а руки уверенно крутили руль. Снизу, из затянутого дымом кишлака, донеслись нарастающие звуки боя: дробные очереди, разрывы мин и гранат, грозный рев ДШК.

— Мужики не смогли оторваться! — крикнул Бурлак, оглянувшись назад.

Алан связал два пулеметных магазина изолентой и, открывая дверцу джипа, крикнул, обращаясь к Сарматову:

— Командир, я вернусь — мало-мало пошумлю, отвлеку от ребят «духов».

— Работаем строго по сценарию, старлей! Сидеть!!! — В голосе Сарматова зазвенел металл, и Алан недовольно плюхнулся обратно на сиденье.

Повисло тягостное молчание, и в нем все слышней стали звуки боя в долине, отраженные скалами, зажимающими верблюжью тропу.

Сарматов посмотрел на часы и нахмурился.

— Далеко еще? — спросил он Шальнова.

— Почти приехали!..

— Вниз спускался?

— Спускался. Все нормально. Высота — пятьдесят два метра.

— Лишь бы из графика не выбиться! — пробормотал Сарматов.

На повороте тропы показалась скала с вцепившимся в нее разлапистым карагачем. Шальнов притормозил рядом и бросил:

— Мы на месте, командир! До пакистанской границы отсюда три километра и шестьсот метров. Сведения проверены.

Силин с Бурлаком вылезли из джипа и вытянули за собой американца. Тот вскрикнул, лицо его побледнело и покрылось бисеринами пота.

— Сармат, у него весь рукав в крови! Видать, зацепило! — крикнул Силин и сплюнул со злостью. — Блин, нахлебаемся теперь дерьма, мужики!..

— Внизу посмотрим, что с ним!.. — после минутного замешательства ответил майор. — Быстрей, быстрей, ребята, пока Савелов там его дружков держит!..

Приковав американца браслетом наручника к ветке карагача, заклеив ему пластырем рот, мужики вчетвером подняли джип и развернули «мордой» в ту сторону, откуда только что приехали. Шальнов прыгнул за баранку. Подняв руку в жесте «но пасаран», он погнал джип обратно в сторону кишлака.

— Не прозевай развилку! — крикнул ему вслед Сарматов и, повернувшись к остальным, произнес, усмехнувшись: — Это надо же — двойня!

Рехнуться можно! По такому случаю его можно было и освободить от такой прогулки. Чего не сказали-то?..

— Сами узнали только в Кабуле! — оправдывался за всех Бурлак. — Андрюху, ведь ты знаешь, пока не спросишь, не скажет... Сияет только, как ясно солнышко, а в чем дело, не говорит...

— А в Кабуле не выдержал и сказал: один девочка, один малчик! — встрял в разговор Алан и широко улыбнулся.

Тем временем Бурлак альпинистским узлом закрепил к стволу карагача репшнур, отдал его конец Сарматову, и тот опутал им американца. К другому концу шнура Алан с Силиным привязали рюкзаки и опустили их в пропасть. После этого Силин укрепил на стволе карагача небольшой цилиндрик взрывателя.

— Быстрей, быстрей, мужики! — торопил Сарматов. — С минуты на минуту здесь пакистанцы будут!

— Ничего, командир! — усмехнулся Бурлак. — Стежка тут узкая, яма глубокая, а шайтан-труба, — показал он на гранатомет, — как всегда, в полном порядке!

Алан, а вслед за ним и Силин, держась за репшнур, по очереди спустились в пропасть. Когда спало натяжение шнура, Сарматов отстегнул американца от дерева. Тот что-то замычал заклеенным ртом, извернувшись, попытался ударить Сарматова головой в живот, и тому снова пришлось успокоить его тем же манером, что и в первый раз.

Американца привязали к веревке, и он, похожий на большую беспомощную куклу, заскользил вниз, ударяясь о выступы скалы, мимо черной базальтовой стены, туда, где на дне пропасти клокотал горный поток... Внизу его отвязали и положили на землю. Пришла очередь спускаться майору и в нетерпении переминающемуся с ноги на ногу Бурлаку. Медленно, рывками помчался репшнур по их спинам и рукам, на которых вот-вот готовы были лопнуть вздувшиеся от напряжения вены.

* * *

Небо над виднеющимся впереди кишлаком затянуто дымом. Джип мчится на предельной скорости. Уже видны языки пламени над домами. Звуки боя доносятся из глубины «зеленки». На развилке Шальнов бросает джип вправо, под сень раскидистых деревьев. Едва просматриваемая из-за дыма тропа петляет между корнями деревьев и широколистными кустарниками. Заканчивается очередная петля. На тропе — трое. Трое в чалмах, опоясанные пулеметными лентами, со стволами, направленными на приближающийся джип.

— О, е-мое!.. Забыл, как янки здороваются! — пробормотал Шальнов и натянул на физиономию американскую улыбку.

Джип остановился шагах в пятнадцати от душманов. Шальнов потряс руками в воздухе, показывая, что у него нет оружия, и вылез из машины.

Не убирая стволов, «духи» внимательно, настороженно и враждебно следили за его действиями.

— Хеллоу! — весело прокричал Шальнов и продвинулся вперед на три шага.

— Сытоять! Луки ввелх! — скомандовали в ответ те на ломаном русском.

Не переставая улыбаться, Шальнов сделал еще несколько шагов и произнес:

— Ай эм солджер оф Юнайтед Стейт Арми! Американ!

— Сытоять! — упрямо повторил один из «духов».

Шальнов показал на американского орла на зеленом берете и такого же на армейской рубашке.

— Ай эм фром Америка! — продолжая щериться в идиотской улыбке, уже более уверенно повел разговор Шальнов. — Ду ю спик инглиш?

Трое на дороге переглянулись, и один из них недоверчиво переспросил, водя перед собой дулом:

— Америка?

— Йес, йес! — радостно кивнул Шальнов. — Ай эм фром Пакистан. Вот'с хэппен?

Душманы снова переглянулись, но уже без прежней напряженности. Один из них, по-видимому, старший, показал двоим на машину, а сам, не отводя от Шальнова пулеметного ствола, стал спрашивать, тщательно, с видимыми усилиями подбирая английские слова:

— Хэв ю эни документ?

— Йес, йес! — ответил Шальнов и достал из нагрудного кармана водительское удостоверение и солдатскую книжку покойного «зеленого берета».

Моджахед поставил пулемет к ноге и, взяв документы, принялся их разглядывать. Шальнов бросил взгляд на джип и увидел, как те двое, оставив оружие у заднего колеса, шарили в салоне машины. Старший внимательно вглядывался в фотографию на солдатской книжке. И когда он поднял настороженные глаза на Шальнова, потом снова опустил их на фотографию, Шальнов сильно ударил его ногой по голове. «Дух», толком не успев понять, что произошло, упал. Подхватив его пулемет, Шальнов выпустил длинную очередь по двоим в джипе. Один из них, переломившись пополам, сразу выпал из машины, а второй, выпрыгнув, побежал к кустам со скоростью, которой мог бы позавидовать олимпийский чемпион. Но очередь все равно настигла его. Она распорола ему спину, и «дух» свалился в кусты. В несколько прыжков Шальнов подлетел к нему — молодой афганец лежал на спине, из уголка рта на его черную бороду текла красная струйка крови. Прогремела еще одна очередь, и на землю упал старший.

То приближаясь, то удаляясь, качается отвесная черная скала. Капроновый репшнур скользит рывками по башмакам и ладоням Сарматова. Еще несколько усилий – и его подхватывают руки Алана и Бурлака, помогают нащупать ногами опору. Майор оглядывается по сторонам. Все они стоят на камнях, о которые бьется бурный поток. Сарматов опускает в него запаленное лицо и с наслаждением пьет прозрачную холодную воду. Утолив жажду, он бросает взгляд на Силина:

– Чего ждешь?!

Силин спохватился и, достав радиопередатчик, берется за концы репшнура. Укрепленный на карагаче шнур натягивается; вспышка, легкий хлопок, напоминающий пистолетный выстрел, и концы репшнура исчезают в пропасти. И в самое время, потому что в тот же миг на тропе показываются два грузовика, набитые «духами». Громыхая разбитыми рессорами, грузовики проносятся мимо карагача в сторону кишлака.

Наконец грохот от промчавшихся машин, несколько раз откликнувшийся эхом в ущелье, стих. Сарматов утер пот с лица и посмотрел на часы.

– Быстро они очухались... и получаса не прошло!

– Еще бы! – подхватил Бурлак. – Американского полковника у них сперли!

– А бугаина – ништяк! Кило на сто потянет! – сказал Силин и с нескрываемым интересом стал разглядывать американца. — «Духи» из-за него землю носом рыть будут!..

— Это уж точно! — хмыкнул Сарматов, расстегивая на американце рубашку.

Тот дернулся, что-то замычал заклеенным пластырем ртом.

Сарматов зачерпнул котелком воду, промыл рану и недовольно прищелкнул языком:

— Да-а, повезло нам как утопленникам!..

— Чего, Сармат? — спросил Алан. — Плохая дырка?..

— Хуже некуда! «Бур» плечо разворотил, пуля не вышла. Как пить дать, полыхнет дед Антоха!

— Кто полыхнет? — недоуменно таращa глаза, спросил Силин. — Дед Антоха?

— Так казаки гангрену зовут, — ответил Сарматов, перебинтовывая рану американца.

— Де-е-ед Анто-ха-а! — проговорил нараспев Силин и зашелся в утробном, булькающем смехе. — Антоха-а!.. Ха-ха-ха-ха!!!

Алан покосился на Силина, оценивающе оглядел его с головы до ног и произнес, обращаясь к Сарматову:

— Вроде как у малого крыша поехала!

— Да брось ты. Обыкновенная истерика, — возразил тот. — От перенапряга нервишки сдают. Начальство и слышать ничего не хотело о том, что ребята вконец вымотались. Как же — им ведь за кремлевской стеной виднее!..

Бурлак заглянул Силину в лицо и, обернувшись, успокаивающе произнес:

— Ничего-ничего, покорчится малость и отойдет!.. Вообще-то после такого в бутылку, а то и в петлю тянет...

— Антоха-а!.. Ха-ха-ха-ха-ха! Анто-ха-а! — продолжая причитать, смеялся Силин.

— Успокойся, Саша! На, выпей воды... Ну, возьми себя в руки, Сашок, — попросил его Сарматов...

Силин выбил из его руки котелок с водой и, захлебнувшись странным смехом, покатился по камням...

Шальнов гонит джип по накатанной тропе к просвету в «зеленке», в котором мечутся заснеженные розовые вершины. Слева, из глубины зарослей, доносятся звуки боя и злобный лай собак. Тропа выводит к мосту, перекинутому через бурную реку. Шальнов тормозит перед ним, забирает оружие душманов и пробивает ножом бак, из которого начинает хлестать бензин. Добежав до середины моста, Шальнов засовывает под его опору продолговатый предмет и бегом возвращается к джипу. Бросив в лужу бензина горящую спичку, он стремглав бросается в «зеленку». Два взрыва за его спиной грохочут почти одновременно — в воздух взлетают обломки деревянного моста и куски горящего джипа.

Восточный Афганистан,
9 мая 1988 года

Река была хоть невелика, но норовиста. Бурлил ее поток между камнями, метался от одного края узкого ущелья к другому, громыхал на перекатах и порогах. Сарматов и Алан несли американца, так как сам он идти был не в силах. Путь лежал вверх по течению реки. Впереди шагали Бурлак и успокоившийся и впавший в какое-то сомнамбулическое состояние, отрешенно молчащий Силин.

Алан кивнул на безвольно мотающуюся голову американца:

— Сармат, похоже, он в жмура сыграть хочет...

— А я что могу! — хмыкнул майор. — Судьба — она ведь как кошка драная!.. Если вертушка подлетит вовремя, то в Москве, может, и спасут его клешню...

— А если не подлетит? — осведомился Алан. Сарматов бросил на него косой взгляд.

— Понятно, командир! — кивнул Алан. — Прости за идиотский вопрос...

Внезапно в грохот реки ворвался нарастающий шум сверху. Все бросились под укрытие скалы. И тут же над ущельем, один за другим, пронеслись три черных вертолета.

— Ну, держись, капитан Савелов! — обронил Сарматов, проводив их хмурым взглядом. — Были цветочки — пришло время ягодкам!..

Алан подтащил американца к воде и разлепил ему рот. Тот застонал и отвернулся. Сарматов подошел к нему и, склонившись, произнес по-английски:

— Полковник, не знаю твоего имени, и знать мне его незачем, но ты тот, кто мне нужен. Если хочешь жить, когда-нибудь вернуться в свои Штаты, пей. Пей и не смотри на меня, как на последнее дерьмо!.. Ты ввязался в войну против моей страны, значит, счет ты можешь предъявить лишь самому себе. Еще парням из Лэнгли. А сейчас ты мой пленник, и я приказываю тебе — пей! Пей, твою мать, пока из всех дыр не польется. Это для тебя шанс...

Американец с ненавистью посмотрел на него и скривил в брезгливой усмешке рот.

— Пей! — крикнул обозленный Сарматов. Схватив полковника за волосы, он сунул его лицом в воду. Тот, захлебываясь, стал пить. И когда наконец Сарматов отпустил его, американец яростно заорал:

— Большевистский садист! Ублюдок!

Сарматов, ничем не выдавая кипящей в нем ярости, стоял над неистовствующим американцем и бесстрастно наблюдал за ним. Тот продолжал выкрикивать:

— Русская свинья, ты слышал когда-нибудь о Женевской конвенции? Я требую...

— Засунь свои требования себе в задницу, полковник! — наконец перебил его Сарматов. — Возможно, я — дерьмо, но и ты не конфетка. До таких, как мы с тобой, Женевской конвенции о военнопленных дела нет. Будто не знаешь, что в случае чего и тебя, и меня просто выбросят на свалку с проломленными черепами.

— Дерьмо! — опять взвился американец.

— Сармат, привести его в чувство, что ли? — спросил Бурлак. — Сколько эту вонь терпеть?!

— Отставить! — остановил его Сарматов и прислушался.

По ущелью катился нарастающий грохот.

— Вертушки ребят морозят, — со странным равнодушием обронил Силин.

Чем дольше Сарматов вслушивался в грохот, тем заметнее светлело его лицо.

— Оторвались наши мужики, Сашок! — закричал он, хлопая Силина по плечу. — Ты вслушайся... Как тогда в Анголе, неприцельно лупят — по площадям.

— Похоже на то! — подтвердил Бурлак.

Силин равнодушно кивнул, продолжая пялиться невидящими глазами в какую-то одному ему известную точку.

* * *

Полуденное солнце наполнило ущелье влажным зноем. По самому краю берега вилась еле заметная тропка.

Американец, прикованный наручником к Сарматову, пытался идти сам, но ноги его не держали. Оступившись, он с размаху рухнул в воду, увлекая за собой ненавистного майора.

— Воздух! — вдруг крикнул Алан.

И опять все замерли, упав на острые камни и стараясь как можно плотнее слиться с ними.

Три черных вертолета пронеслись над ущельем в сторону пакистанской границы, а навстречу им в сторону «зеленки» пошли еще три. Опять по ущелью прокатился грохот близких взрывов. Сарматов, чуть приподнявшись над землей, дернул американца за здоровую руку.

— Мистер, как вас там, эта громкая музыка не наводит вас на некоторые раздумья?.. — Он показал на часы. — Пятый час молотят...

— Дерьмо!.. Ублюдок! — прошипел тот и, отвернувшись, здоровой рукой расстегнул «молнию» на брюках. Сарматов тут же схватил флягу и подставил ее под струю мочи:

— Сюда, мистер, сюда... Да не стесняйся — здесь педиков и баб нет!

Происходящее вызвало общий интерес, даже отрешенно молчащий Силин оживился.

— Зачем тебе его анализ? — удивленно спросил он. — В гости к богу можно и так...

— А это чтоб в приемной у апостола Павла в очереди не торчать, — ответил Сарматов и сунул флягу под нос американцу.

— Пей, полковник!.. Пей, выхода у тебя нет!..

Американец отшатнулся, посмотрел на майора с такой яростью, что, если бы взглядом можно было убивать, Сарматов уже давно бы умер в муках.

— Командир, ты что это? — ошалело спросил Алан. — Мы так не договаривались!

— Молчать, старлей! — оборвал его Сарматов.

— Вонючий садист! — выкрикнул американец и зашелся в рвотных судорогах. — Ты не русский офицер! Ты есть мразь!

— Не пускай пузыри, полковник! — устало отмахнулся Сарматов. — Мне они начинают действовать на нервы. Я тебе, между прочим, предлагаю за неимением лучшего древний казачий способ спасения от гангрены. Поверь, в чем в чем, а в ранах, колотых и стреляных, мои предки толк знали!

— Казачий способ? — на ломаном русском недоверчиво переспросил американец. — Ты есть казаку с?..

— Дед был «казакус», отец был сын казачий, а я — хрен собачий! — усмехнувшись, ответил Сарматов, протягивая флягу. — Пей, полковник, и не ломайся, как целка!

Тот потянулся к фляге, но, едва поднеся ее ко рту, снова зашелся в рвотных спазмах и беспомощно посмотрел на Сарматова.

Сарматов кивнул Алану. Тот подошел и, запрокинув американцу голову, крепко зажал ее руками. Часть содержимого фляги Сарматов вылил полковнику в рот, а остатками полил окровавленный бинт на его предплечье. Американец брезгливо поморщился.

— Что поделаешь, полковник! — глядя на него с сочувствием, сказал Сарматов. — Война красива в ваших голливудских боевиках, а в жизни она всегда пахнет дерьмом, мочой и блевотиной, не так ли?

— Йес! — выдавил полковник.

— Похоже, мы начинаем понимать друг друга! — усмехнулся Сарматов, взваливая раненого на плечи. — В путь, мужики!

* * *

И снова тяжелое дыхание, хрип усталых людей, стоны американца, а из «зеленки» — громыхание взрывов и клекот боевых вертолетов, методично прочесывающих территорию.

Идти трудно. Тяжелые армейские ботинки периодически оскальзываются на мокрых от росы камнях. Влажный жаркий воздух забивает легкие, и дышать почти невозможно. Над головой вьются тучи каких-то мелких, больно жалящих мошек. Качается в такт шагам опрокинутый над хребтом узкий серп месяца. Где-то совсем рядом надрываются в истеричном вое шакалы. Их желто-зеленые глаза церковными свечами блуждают среди каменных завалов.

— Вот твари! — поежился Силин. — Верняк — наведут «духов»!

— Не психуй! — прохрипел Сарматов, склонившийся под тяжеленным, как племенной бык, американцем. — «Духи» пошли за нами всего с час назад.

— Свежо предание!.. — огрызнулся Силин.

— По шариату, они должны до наступления темноты похоронить покойников, а наморозил их Савелов не один десяток... — пустился в объяснения Сарматов. — Потом еще вечерний намаз...

— Может, и так! — кивнул Силин и со злостью пихнул в бок висящего на плече Сарматова американца. — Но на рандеву с вертушкой из-за этого пидора мы уже не успеваем.

— Что предлагаешь?.. — осведомился майор.

— Выйти на связь и назначить рандеву с вертушкой на завтра, а пока отлежаться в этой мышеловке, — ответил тот.

Сарматов вздохнул и отрицательно покачал головой.

— Выход в эфир тут же засекут... Вертушку гробанут без вопросов. Мышеловку захлопнут.

— Кто не рискует, тот не пьет шампанского... — лихо ответил Силин.

— Как думаешь, почему эти уроды вот уже семь часов перепахивают «зеленку» вдоль и поперек? — устало заметил Сарматов.

— Зло срывают... — неуверенно сказал Силин.

— Если бы!.. Им во что бы то ни стало нужно отправить на тот свет нас, что, в общем-то, само собой разумеется, но главное — этого полковника.

— На американцев что-то не очень похоже — они своих людей берегут.

— То-то и оно! Отсюда делаем вывод, что он знает что-то такое, чего контора дяди Никанора знать не должна, — уверенно сказал Сарматов. — И рисковать этим «чем-то» мы не имеем права. Иначе нам с вами грош цена в базарный день!

— Так, может, вытряхнуть из американца это «что-то», пока он не изобразил жмура? И никаких проблем! — предложил Силин, кровожадно поглядывая на полковника.

— Москва запретила нам задавать ему «лишние» вопросы, какая бы ситуация ни сложилась, — объяснил Сарматов.

Силин от удивления даже остановился:

— Круто!.. Вот так фитиль цэрэушникам!..

— Угу. Они б за него, живого или мертвого, никаких денег не пожалели бы!..

— А я-то подумал, что он опять для обмена на какого-нибудь Корвалана!..

— Потом, может, и обменяли бы.

* * *

Внезапно впереди зажглись шакальи глаза-свечи.

— К бою! — крикнул Сарматов, заваливая американца за ближайший валун.

В окулярах бинокля ночного видения была видна тропа, извивающаяся среди нагромождения камней, колючие кустарники, кремнистый склон осыпи, по которому ползли два здоровенных паука-каракурта, и опять камни. На одно мгновение на фоне неба, за травой, возникли несколько неясных силуэтов и вновь скрылись за кустами. Из кустов выпорхнула какая-то птица и заполошным криком вспорола ночную тишину.

Сарматов откатился в сторону и, укрывшись за камнями, загомонил, заухал по-совиному.

Сквозь стрекот цикад со стороны кустов донеслось чирканье кулара — горной индейки. Сарматов чиркнул по-куларьи, в ответ услышал четкий посвист удода и следом уханье совы.

— Японский бог, наши! — поднимаясь в полный рост, крикнул Силин. — Наши-и!

Силуэты вновь появились из кустов. Уже не прячась, они приблизились к кремнистому склону.

Далее последовали крепкие объятия, перемежающиеся радостными возгласами, и ритуальный «парашют» — полтора десятка мужчин уперлись лбами друг в друга, изображая купол парашюта.

— Товарищ майор, группа прикрытия поставленную задачу выполнила! — отрапортовал капитан Савелов. — В доме всех заморозили, товарищ майор, а потом оставшихся на джип вывели.

— Потери есть, капитан?

— Двое.

— Кто?

— Лейтенант Гайнуллин, прикрывая отход группы, был ранен или контужен... К нему на помощь бросился военврач Марушкин и...

— И?.. — переспросил Сарматов.

— С пакистанской вертушки их обоих — прямое попадание, — помрачнел капитан. — Игорь, я не посылал Марушкина, он сам!.. И вообще странное что-то происходило... Почему-то бомбили напалмом! Ты не представляешь этот ад, там даже камни плавились!..

— Рюкзак с аптечкой цел?

— Был у военврача! — виновато произнес Савелов. — Пепла не осталось...

— В Рязани у врача — двое детей, — устало покачал головой Сарматов и опустился на камень. — Двое... Мальчик и девочка...

— Когда вертушки навалились, мы уже в камнях сидели, — рассказывал коренастый крепыш старший лейтенант Прохоров. — Вертушки сверху, а с фронта «духи» к реке прижимают, думали — кранты, а тут на них с тыла, как черт из бутылки, лейтенант Шальнов!

— Если бы не Андрюха Шальнов, не было бы у нас этой беседы, — подтвердил капитан Морозов и повернулся к Сарматову: — Командир, Андрюха молодой еще — ему лишняя цацка не помешает, будешь рапорт писать, не забудь про него.

— Не в моих привычках забывать, Егор Степанович, — бросил Сарматов и жестом подозвал к себе все еще одетого в униформу «зеленого берета» Шальнова.

— Ну, а ты что скажешь, Андрей? Как сам-то?

— Нормально, командир, — улыбнулся Шальнов так безмятежно, словно только что вернулся не из кровавого боя, а с прогулки по городскому парку.

— Говорят, устроил у «духов» шмон?..

— Это я с перепугу, командир! — продолжал лыбиться Шальнов.

— А чего не переодеваешься?

— Одежка моя была у Гайнуллина. Мы ведь с Асхатом в одном дворе выросли, в один детсад и в один класс ходили и на срочную вместе ушли. —

Улыбка соскользнула с лица Андрея. — Все подбираю слова, какие говорить дяде Равилю — отцу и тете Зине — его матери. Они в Ясеневе, в нашем жэке, дворниками работают.

— Не смотри на меня так, сержант. У меня этих слов тоже нет, — глухо сказал Сарматов. — Не говорить же им, что их сын погиб смертью героя на бессмысленной, бездарной войне!

За камнем громко стонал американец, и Сарматов, поднявшись с валуна, подошел к нему.

— Плохие новости для тебя, полковник, — сказал он. — Наш врач погиб там, в кишлаке. С ним сгорела аптечка.

Американец промолчал, глаза его были подернуты мутной пеленой боли.

— Пакистанские вертолеты бомбили «зеленку» напалмом, почему? — спросил полковника Сарматов.

— Потому что война пахнет дерьмом, мочой, блевотиной и... подлостью, — ответил американец и отвернулся.

— Кажется, мы еще лучше стали понимать друг друга, полковник, — усмехнулся Сарматов и скомандовал: — Кончай отдыхать, мужики! Пора в путь!..

* * *

И опять бесшумно скользят во мраке афганской ночи люди-тени, петляют, кружатся в диком, бессмысленном танце вокруг них огоньки шакальих глаз, похожие на пламя церковных свечей, рвется к перевернутому узкому месяцу, вспарывая ночную тишину, опостылевший шакалий вой.

Когда из-за хребта снова появилось солнце, каменное нагромождение закончилось и началась отлогая осыпь, упирающаяся в покрытую чахлой растительностью равнину, изрезанную оврагами, на дне которых журчали мелкие мутные ручейки.

Группа спустилась на равнину окольными путями, в обход осыпи, чтобы не оставлять следов.

Здесь, на ровном месте, американец вдруг начал мычать и дергаться.

— Понял, полковник, молодец! — сказал Сарматов, расстегивая на его брюках «молнию» и подставляя флягу.

С удивлением наблюдали мужики из группы Савелова за происходящим. Сам же Савелов не мог скрыть отвращения, глядя, как американец пьет мочу.

— Не нравится, капитан? — спросил его Бурлак.

— Фу, блин, лучше подохнуть, чем это! — сдерживая рвотные позывы, ответил тот и посмотрел на часы. — Впрочем, это не мое дело. Уже завтра закатимся с тестем в Сандуны.

— Не гуторь гоп, пока коня не взнуздаешь! — заметил Сарматов, поливая мочой забинтованное предплечье американца.

— Думаешь, вертушка не прилетит? — с тревогой спросил Савелов.

— Пусть слон думает — у него голова большая, — недовольно бросил Сарматов.

Оставляя в розовом рассветном небе четкий инверсионный след, со стороны пакистанской границы появились два «Фантома». Сверкнув на вираже крыльями, они скрылись за отрогами, и скоро с той стороны громыхнули взрывы, а через несколько секунд «Фантомы» легли на обратный курс и скрылись за хребтом.

— Ты думаешь?.. — Савелов схватил Сарматова за рукав. В голосе его была неприкрытая тревога.

— Сказал же: слон пусть думает!..

— Но это, это бандитизм!.. Международный разбой!.. — взорвался Савелов.

— Эх, Савелов!.. Чья бы корова мычала, а уж нашей-то лучше помолчать!.. Но тем не менее яйца отрывать рано.

— Какие яйца? — непонимающе вытаращил глаза капитан.

— Шутка, капитан, — усмехнулся Сарматов и крикнул: — Мужики, американца будем нести по очереди. А теперь ноги в руки — и полный вперед. Может, успеем, может, кто живой еще!..

— Есть, командир!.. — ответил Алан и, взвалив на плечи американца, трусцой пустился в бег. За ним сорвалась вся группа.

Забыв о маскировке, бойцы заторопились к тому месту, откуда должна была забрать их вертушка. Бежать было тяжело, но они в считаные минуты пересекли долину, преодолели каменные завалы и выскочили на плато, на котором, застилая небо черным дымом, догорал камуфлированный вертолет.

— Сушим весла, мужики! — вырвалось у Бурлака. Он, не сдерживая ярость, крикнул: — Бля, чтоб рога на их тупых лбах выросли!.. Чем думали, посылая вертушку без прикрытия?!

Перед бойцами лежала груда искореженного взрывом оплавленного металла, бывшего еще час назад боевым вертолетом. И в ней покоилось два обгорелых трупа. Третий лежал чуть в стороне, метрах в пятнадцати. В его обугленной руке, словно пропуск на тот свет, торчала полетная карта, в другой был намертво зажат огрызок карандаша. На карте черной жирной линией, отчетливо выделялась свежая неровная стрелка, указывающая на кишлак в горных отрогах, расположенный на юго-западе от пакистанской границы. И прямо по карте, по оранжевым афганским горам и желтым плато было накарябано крупными буквами: «МАЙОР... ОБНАРУЖИЛ БАЗУ «ДУХОВ»... КИШЛАК ТАГАНЛЫ... ПЕРЕДАЛ НАШИМ... УМИРАЮ...»

— Спасибо, капитан! — глухо сказал Сарматов и закрыл ладонью синие неподвижные глаза пилота. — Зачем же ты согласился лететь без прикрытия, парень?..

— Бля, это племя интендантское горючку для истребителей небось загнало за «зеленые» на кабульском базаре! — опять взорвался Бурлак.

— Или в бодуне были после Дня Победы! — подхватил старший лейтенант Прохоров. — Что им наши жизни — бабы новых солдат нарожают!

Силин, словно очнувшись от летаргической полудремы, в которой он пребывал в последнее время, неожиданно зло крикнул Сарматову:

— Командир, ты вот говорил нам: «Задание, братва, государственной важности», а они положили с прибором на нас, на вертушку и летунов и на твое «государственной важности»!.. Да для всей их шоблы чем больше бардака, тем больше в масть!.. Чем дольше эта мясорубка, тем «зеленых» у них в карманах гуще!.. Что, не так, Сармат? Не так было в Анголе, в Мозамбике, в Сирии, а уж про Никарагуа я вообще молчу!

— Все так! — заорал в ответ Бурлак. — Только ты чего это командира лечишь? Он, что ли, тебя сюда послал, а сам в кабинете сидит и коньяк распивает? Он же тоже здесь, с нами, и ему, как и тебе, теперь смерть в улыбке скалится.

— Сцепились, тоже мне! — встал между ними Морозов. — Кончай базар! Ребят по-людски похоронить надо, а они отношения выясняют.

— Не надо! — громко произнес Сарматов. — Ничего здесь не трогать!

— Ты что, командир?! — вскинулся Алан. — «Духи» носы, уши резать будут!..

— Не трогать! — повторил Сарматов. — Если ребят похороним, то «духи» поймут, что мы здесь были, и по следу пойдут. А так они нас ждать будут. Не дождутся — могут подумать, что в «зеленке» напалмом нас накрыли... Не по-людски, конечно, ребят так оставлять, но что поделаешь! А сейчас уходим, пока пакистанская ИСИ не объявилась!..

— Надо этого пидора тут тоже оставить!.. Пусть ему уши режут! — внезапно взвился Силин и бросился на американца.

— Тыкву напекло! — отшвырнул его Сарматов.

— Тебе напекло! — крикнул Силин. — Как ты с ним все эти версты оттопаешь? Или он жмур, или мы все, непонятно, что ли?!

— Он, кажется, прав, майор! — глядя на Сарматова, подтвердил Савелов.

— Кажется — перекрестись! — оборвал его Сарматов и обратился к бойцам: — Мужики, у нас есть еще страховочная точка... Рандеву с вертушкой... в сорока километрах отсюда. Не будем терять времени! — Он показал на затянутые маревом скалы. — Туда, аллюр три креста, марш!

* * *

Футбольным мячом мотается за спиной Алана голова американца, пузырится на его губах кровавая пена. А над спасительными скалами, как маятник огромных божьих часов, мечется солнце, слепит глаза, заливает жарким потом лица и спины бойцов...

Достигнув скал, все в бессилии бросаются на камни, но жесткая команда Сарматова вновь поднимает их на ноги:

— Всем замаскироваться и приготовиться к бою!..

И едва группа успевает прийти в себя, как из-за хребта, со стороны пакистанской границы, появляются два тяжелых десантных вертолета с пакистанскими опознавательными знаками. На долину, где до этого царила мертвая тишина, обрушивается грохот мощных двигателей. Пройдя на бреющем полете над долиной и над скалами, вертолеты садятся впритык к подбитым советским вертолетам. Выскакивают солдаты-пакистанцы, грузят тела погибших летчиков и искореженные обломки вертолета.

— А металлолом им зачем? — удивленным шепотом спросил Савелов.

— Через сутки, думаю, узнаем, но дай бог, чтобы я ошибся! — ответил Сарматов и вновь приник к биноклю. — Трое в гражданском... Ясно — цэрэушники взялись за дело!

Увидев, что вертолеты готовятся к взлету, он приказывает бойцам:

— Обнаружат — подпустим вплотную и из всех стволов!.. И учтите — там они оставили засаду, отрываемся сразу!..

Взлетев, вертолеты долго кружились над долиной, над скалами, отрогами, словно гигантские, уродливо мутировавшие птицы-падальщики, выискивающие добычу. Наконец они скрылись за хребтом, и все облегченно вздохнули.

— Да-а-а... — протянул Савелов. — Чуть не влипли. И как это ты вычислил, майор, что они вот-вот налетят?

— Не как, а чем, — ответил тот. — Задницей я их чувствую, капитан.

— Твоя задница случайно не знает, что нам делать дальше?

— А то как же! — кивнул Сарматов и обратился к группе: — Мужики, подтягивайтесь сюда!.. Значит, так. Следующая точка рандеву вот здесь. — И он показал пальцем место на карте. — Всего-то, как уже сказано, сорок километров, но... но «духи» нынче же на двадцать километров вокруг перекроют нам все тропы.

— Что предлагаешь, командир? — спросил Морозов.

— Уходить через хребет и вот по этому ущелью выбираться на место встречи с запасной вертушкой. Так выйдет крюк на все семьдесят километров, и пройти их надо за сутки с небольшим.

Бойцы, все, как по команде, повернулись и посмотрели на заснеженные пики хребта.

— У нас нет теплой одежды! — сказал, ежась, Савелов.

— Есть какие-нибудь предложения? — спросил его Сарматов.

— Зачем болтать много? — махнул рукой Алан. — Беседовать с апостолом Павлом ни у кого нет желания, значит, путь у нас один — через хребет... Только вот янки совсем плохой, командир...

— Ничем не могу ему помочь! — развел руками Сарматов. — Ну все, отдохнули — и в путь, братва!

И снова под ногами у бойцов похрустывали камни и катился над заснеженным хребтом раскаленный диск азиатского солнца. Бурлак и Алан шагали впереди группы, и солнце образовало у них над головами нестерпимо яркий, слепящий нимб.

— Смотри, майор, — показал на них Савелов с усмешкой, — да они у нас святые!..

— Грешные они, Савелов, — совершенно серьезно ответил Сарматов. — Все на этой земле — грешные... Только мера греха у каждого своя...

Савелов кинул на него косой взгляд и спросил:

— О чем это ты, Игорь?

— О грехе!.. Или, скажешь, что это понятие тебе не знакомо?

— А-а, ты о той старой дурацкой истории?.. Не забыл, значит?..

Сарматов промолчал. И Савелову стало ясно, что ничего он не забыл...

Вологда,
27 апреля 1982 года

За бетонным забором базы подготовки ОМСДОН (Отдельной мотострелковой дивизии оперативного назначения) шумел глухой таежный лес. На плацу шла обычная крутая тренировка. Здоровенные мужики преодолевали водно-грязевые препятствия, полосы огня, бросали ножи и топоры в движущиеся силуэты, крушили ладонями кирпичи и доски-горбылины.

В центре плаца орущий в двадцать луженых глоток круг, в котором метался, выискивая место прорыва, Сарматов. Через Алана, Бурлака, Силина не прорваться, напротив — мужики послабее... Выпад в их сторону и сальто со спины — назад, через весь круг. Ноги в полете отбрасывают Алана, кулак в солнечное сплетение Бурлаку и одновременный удар головой в подбородок Силина, но... но лейтенант Савелов обхватил Сарматова сзади и зажал гортань.

— Так, так! — одобрительно крикнул ему капитан Бардак, один из преподавателей учебки, кряжистый крепыш, прошедший огонь и воду. — Молодец, Сармат, теперь чуть назад и сцепить в замок руки на затылке Савелова...

Удалось! Взмахнув ногами в воздухе, Савелов вылетел чуть ли не под колеса тормозящего юзом газика. Из машины вылез высокий костистый полковник в каракулевой папахе и заорал во все горло:

— Сарматов, для беседы!..

Одной рукой он схватил подбежавшего Сарматова за плечо, другой ткнул в сидящего в газике офицера в погонах внутренних войск:

— В соседней области групповой побег из зоны. Человек двадцать... Разоружили охрану — и в бега. С оружием. Командуй своим архаровцам: «В ружье».

— Из зоны? — переспросил Сарматов. — Но зэки не наш профиль...

— У всех у нас один профиль, старлей! — перебил его полковник. — Советская власть и приказ начальства. Смекаешь, о чем я?..

— Так точно! — отчеканил Сарматов.

Полковник наклонился ближе и продолжил свистящим шепотом:

— Сбежали одни убийцы, педерасты, прочая шушера. Патронов на них не жалеть, смекаешь, о чем я?..

– Да, но... – заикнулся было Сарматов, но его тут же перебили:

– Не мухорться, не мухорться, старлей! Потом спасибо скажешь!

– За что, товарищ полковник?.. – зло спросил Сарматов.

– За что? Да за то, что твои архаровцы кровушку живую, теплую здесь попробуют и поблюют, поблюют с нее здесь, а не там, куда вы предназначены, – жестко отрубил полковник. – А кто киксанет, того к едрене фене – на списание, смекаешь, о чем я?.. Я даже Бардака с вами не пошлю, хоть он и лучший в Союзе скорохват!

Северный Урал, станция Харп,
29 апреля 1982 года

На Урале начался ледоход. В неумолимом стремлении к океану белые с голубыми подбрюшинами льдины с шипением и хрустом налезают друг на друга, разламываются на осколки, кружатся в грязно-черной воде...

Два вертолета «Ми-8» несутся над рекой на параллельных курсах.

Прильнувшие к блистерам «архаровцы» возбужденно перебрасываются репликами:

— Лиса на льдине, лиса!

— Какая лиса, собака это!

— Салага мокрогубый, сам ты собака!.. Говорю, лиса!

— Глянь-ка, глянь, трактор унесло!..

— Ой, мужики! Зайцы... зайцы, бля буду!

Напуганные ревом вертолета зайцы прыгают со льдины в воду, отчаянно барахтаются в ледяном крошеве.

Река уходит за скалистый поворот, и внизу проплывают озера с нетающим донным льдом. В обрамлении нежно-бежевых мхов распластываются зеленые острова оттаявшей на солнечных склонах брусники, заснеженные урманные пади и буреломные распадки. В одном из распадков виднелась группа одетых в черное людей. Присмотревшись, можно было заметить, что все они вооружены.

При появлении вертолетов зэки сбились в кучу. А с первой вертушки тем временем несся усиленный динамиками голос Сарматова:

— Имею приказ — вести огонь на поражение! Предлагаю немедленно сложить оружие! В противном случае все будут уничтожены!

В ответ раздаются вспарывающие обшивку вертолета автоматные очереди. Под восторженные вопли и угарный мат машина начинает дымиться и, теряя высоту, тянется к луговине за распадком.

Когда оба вертолета плюхнулись на луговину, Сарматов стал громко отдавать команды:

— Взвод Хаутова отрезает им юг, взвод Савелова — сопки! Остальные со мной — гнать их к реке!.. Огонь по зеленой ракете. К выполнению боевой задачи приступить!

Тяжелый, глухой топот армейских сапог... Лязг оружия... Запаленное, хриплое дыхание... Автоматные очереди прерывают этот бег, и вместе с ними из-за моренных камней несутся мат и истеричные выкрики:

— Давай, давай, устроим сабантуй, менты поганые!

— Подходи ближе, сучары позорные!

— Братаны, мочить без пощады, мочить легавых!

По знаку Сарматова бойцы, маскируясь, охватили моренные камни полукольцом. В синее небо ушла зеленая ракета. И тут же с южной стороны из-за буреломов и со стороны северных сопок начали бить пулеметы. Крики и мат за камнями стихли. В довершение ко всему Бурлак положил точно перед камнями гранату. Когда дым от взрыва рассеялся, в наступившей тишине повис одинокий, тоскливый крик:

— Обложи-и-и-ли, су-у-уки! Ата-а-ас, кен-ты-ы-ы-ы!

Охваченные внезапной паникой, заключенные перепуганным стадом бросались через луговину к обрывистому берегу реки. Автоматные очереди за спинами усиливали панику, убыстряя их бег. Достигнув реки, они растерянно стали метаться по крутому берегу. Впереди под обрывом их остановила лавина несущихся льдин, отделенная от береговых камней широкой полосой черной воды. Позади и с боков неумолимо приближались рослые мужики в краповых беретах с закатанными по локоть рукавами... Выхода не было...

У одного из зэков, видимо, не выдержали нервы, и он от живота пустил в наступающих длинную, неприцельную очередь и тут же свалился на камни, сраженный ответными выстрелами.

При виде близкой смерти, дымящейся на ветру крови у большей части беглецов пропала охота сопротивляться дальше. Многие из них бросили оружие и по неистребимой лагерной привычке сбились в плотную кучу, с ужасом и отвращением глядя на «краповые береты».

— Хана, кенты! — засипел худющий зэк с белыми остановившимися глазами. — На нас спецназ спустили! Для натаски мы, заместо кроликов! Хана!

Огромный, похожий на стоящую на задних лапах гориллу заключенный с впалыми глазницами схватил автомат и, петляя, побежал к густым ивовым кустам у края луговины. Очередь из пулемета, как плугом, вспорола перед ним землю. Зэк остановился и попятился назад к толпе оцепеневших собратьев. Все ближе и ближе приближались «краповые береты». Они наступали спокойно, неумолимо, как смерть. И по-прежнему выхода у беглецов не было...

— В психическую идут, как в кино про Чапаева! — слышалось из обреченной толпы.

— Братаны, сукой буду — замочат! — фальцетом закричал зэк с белесыми глазами. — Мы им живые не в мазу-у-у-у! Всем, всем вышак, братаны! В Ухте уже такое было-о-о-о!..

Похожий на гориллу заключенный отшатнулся от белоглазого и вдруг с диким, каким-то нечеловеческим воплем бросился с обрыва в реку. Подчиняясь страху и стадному чувству, остальные беглецы последовали за ним.

«Краповые береты», добежав до берега, не сговариваясь, бросились туда, где в черных засасывающих воронках и в крошеве льда беспомощно барахтались люди со стрижеными затылками. Тех, которых еще не успела поглотить ледяная стихия, они выдергивали из объятий реки и вытаскивали на берег. Стриженые затылки обреченно-покорно подчинялись их воле. Только троим беглецам все же удалось преодолеть полосу кружащейся, вскипающей бурунами воды и вплотную приблизиться к несущимся льдинам. Одного из них сразу же подмяла под себя серо-голубым брюхом вынырнувшая из глубины ледяная плита, но двое — белоглазый и похожий на гориллу — все же успели схватиться за ее ломкий край и выбраться на шершавую поверхность. С другого края, к их удивлению, на льдину забрался Сарматов. Белоглазый издал вопль и, не раздумывая, прыгнул на проносящуюся мимо льдину. Похожий на гориллу зэк, убедившись, что момент для прыжка упущен, выхватил из-за голенища сапога нож и, ощерясь на Сарматова гнилым ртом, пошел прямо на него.

— Не тебе, тля ментовская, вора в законе Сеню Гнутого под вышак ставить! — сипел он, полосуя ножом воздух перед отступающим Сарматовым. — Щас раком у меня станешь, щас повертишься на перышке!.. Петушком откинешься, волчара позорный!..

Отступая, Сарматов поскользнулся и упал спиной на льдину. Сеня Гнутый прыгнул на него с занесенным для удара ножом, но ботинок Сарматова вошел ему в пах, и зэк, пролетев по инерции вперед, пропахал небритой физиономией по ледяным застругам.

Сарматов тут же навалился на него и, до хруста вывернув его руку, разрезал сзади на нем штаны и поставил на колени. От страшной боли в плечевом суставе Гнутый надсадно, по-волчьи взвыл.

– Кто побег сладил? – закричал ему в ухо Сарматов. – Колись, Гнутый, или пойдешь на корм рыбам без молитвы поминальной!..

Гнутый завыл еще громче, еще надсаднее.

Свободной рукой Сарматов сдавил ему кадык, и Гнутый перестал орать, захлебнувшись болью.

– Ну, Гнутый, ну! Покупай свою жизнь поганую, пока я не передумал! Кто все устроил? Через кого?..

– Двое с зимнего этапа... Кавказцы... За бабки через начальника... Подставка ваша ментовская эти кавказцы, бля буду! – не выдержав адской боли, вытолкнул из себя Гнутый.

– Поздно ты догадался, Гнутый! Душ десять на тебе, мразь! – захрипел Сарматов и ударом ноги в голый зад сбросил зэка подплывшим Бурлаку и Алану.

Взвод Савелова по береговому обрыву подтягивался к основной группе. Река в этом месте делала поворот, из-за которого медленно выплывала льдина, на которой перетаптывалась длинная фигура белоглазого зэка.

Сарматов, Алан и Бурлак, выскочив на каменный гребень и увидев вскинувшего автомат Савелова, вразнобой стали кричать:

— Не стреляй, Савелов, возьмем его!

— Остановись!.. Не стреляй!..

— Возьмем!

Савелов бросил взгляд в их сторону, но, будто не слыша, приник к автомату.

— Приказываю не стрелять! — заорал Сарматов.

Словно в ответ на его слова, грохнула длинная автоматная очередь, и зэк на льдине, раскинув в стороны руки, свалился ничком. Сарматов, Алан и Бурлак, будто натолкнувшись на невидимую преграду, остановились. Насвистывая, к ним подошел Савелов и удивленно спросил:

— Вы чего, мужики? Приказано же было — живыми или мертвыми... Я и...

Увидев их заледеневшие глаза, он отшатнулся:

— Вы что, ребята?

— Лейтенант, ты добивался перевода в Москву? — бесцветным голосом спросил Сарматов.

— Я добивался?.. — непонимающе переспросил Савелов.

— Рапорт на отчисление из отряда сам подашь, или это сделать мне?

— Рапорт? — побледнел Савелов. Встретившись еще раз с застывшими глазами Сарматова, он через паузу произнес:

— Сам...

Повернувшись, Савелов медленно ушел вслед за взводом, а Сарматов, Алан и Бурлак остались стоять на каменном гребне.

— Сармат, нас-то за что на этих? — после затянувшегося молчания спросил Алан.

Сарматов молча посмотрел туда, где черным крестом на белой уплывающей льдине, разбросив руки в разные стороны, лежал человек. Алану ответил Бурлак:

— За что?.. А чтобы, как в банде, кровью нас повязать!..

— И ты согласился, командир?.. — перевел Алан взгляд на Сарматова.

— А кто его спрашивал?.. — криво усмехнулся Бурлак.

Сарматов, не сводя взгляда с уплывающей льдины, тихо произнес:

— Крест...

— Что? — в полном недоумении переспросил его Алан.

— Крест это, понимаете?.. Крест на всю жизнь!.. — тоскливо повторил Сарматов. Алан опустил голову и тяжело вздохнул.

Восточный Афганистан,
11 мая 1988 года

Башмаки оставляют глубокие следы на подталом, рыхлом, точно изъеденном кислотой снегу. Пронизывающий ветер воет, как в аэродинамической трубе. Качается над перевалом нестерпимо яркое солнце, которое, кажется, в этом краю не исчезает за горизонтом никогда.

— Мужики, наденьте маски! От такого солнца ослепнуть можно! — крикнул Сарматов растянувшимся цепочкой бойцам и встряхнул висящего на нем и Прохорове американца: — Полковник, закрой глаза, они тебе еще понадобятся!..

— Ты уверен? — прохрипел тот.

— Глаза — зеркало души, их беречь надо! Без них кто ее, душу твою, увидит?..

— Избавь, майор, от русских разговоров о душе и смысле жизни! — брезгливо передернулся полковник.

— Избавляю... Кстати, мы с тобой нигде раньше не встречались? Мне порой кажется... — задумчиво произнес Сарматов.

— Как вы, русские, говорите: кажется — перекрестись! — зло прошипел американец.

— А ты, оказывается, неплохо знаешь русских, полковник! — усмехнулся Сарматов. — И разговариваешь по-нашему неплохо... Когда захочешь...

— Твоя правда, Сармат, — сказал Прохоров. — Я тоже смотрю: как полегчает ему — уши топориком и смотрит на нас во все глаза.

Сбоку к беседующим пристроился лейтенант Шальнов.

— Отдохни, командир, я помоложе, — сказал он, закидывая себе за плечо руку американца.

Освободившись от ноши, Сарматов остановился и пропустил мимо себя группу.

— Как дела, мужики? — спросил он одетых в черные маски бойцов.

— Как в Польше — у кого больше, тот и пан! — послышался чей-то ответ и смех остальных.

— Сармат, с тобой не соскучишься. Так ведь получилось, что из огня да в полымя, — сказал замыкающий.

— А ты скучать на свет родился? — осведомился Сарматов. — Кто ты? Не узнаю в маске.

— Савелов.

— А-а... — сразу прикинулся равнодушным Сарматов и, поднеся к глазам бинокль, воскликнул: — Ай да Сарматов, ай да сукин сын!..

— Что там? — спросил Савелов.

Вместо ответа майор передал ему бинокль. В окулярах рябели черные точки кружащихся над долиной вертолетов.

— Круто шмонают! — вырвалось у Савелова. — Вовремя мы оттуда смылись!

— Ждать нас устали, вот и шмонают, — согласился Сарматов. — Наше счастье, что у них стандартное мышление.

— Стандартное, говоришь? И в чем же оно заключилось?

— В том, чтобы в ситуации, подобной нашей, блокировать тропы, дороги и бить по площадям. С каждым днем они будут расширять район поиска, а их службы радиоперехвата и американские спутники будут ждать нашего выхода в эфир. Нам-то это дело привычное, а вот ты, капитан, зря увязался с нами...

Савелов, натянуто засмеявшись, пояснил:

— В наше управление пришли офицеры-«афганцы» — у меня перед ними комплекс неполноценности. Пришлось устроить прогулку за боевым опытом.

— Это у тебя-то комплекс неполноценности? — усмехнулся Сарматов. — Между прочим, боевой опыт во все времена с успехом заменяли родственные связи.

— Связи в моем случае не имеют значения. Кстати... о родственных связях. Ты знаком с моей женой... по Никарагуа.

— А-а-а!.. Полагаю, что она не очень обрадована этим обстоятельством.

— Если ты помнишь, я в Никарагуа радиоразведкой занимался. И точно знаю: они в тот раз благодаря тебе, надо думать, неделю трупы из сельвы на вертолетах вывозили. По ночам...

— Кто «они»?.. О чем ты говоришь, капитан?..

— О некоей акции, в результате которой было уничтожено целое подразделение американских командос. Командование «зеленых беретов» тогда посчитало, что такую «варфоломеевскую ночь» им мог устроить лишь полк суперпрофи. Или инопланетяне. А так как доказательств ни в пользу первого, ни в пользу второго не было, все списали на местных повстанцев-коммунистов... Но я-то еще тогда знал, что у «беретов» с визитом побывал ты...

— На высоте это бывает, Савелов, — насмешливо произнес Сарматов.

— Что бывает? — переспросил капитан.

— Галлюцинации и помутнение рассудка.

— Брось, Игорь!.. Секретность, присяга, подписка о неразглашении, гордость профессионала, офицерская честь... Стандартный набор качеств для таких, как ты, рыцарей без страха и упрека. Только теперь никому это не нужно. Ты понимаешь, что происходит с нами, со страной?

— Ты зря принимаешь меня за идиота, Савелов. Я прекрасно понимаю, что страна вместе со всеми нами летит в небытие. Но если у каждого из нас не останется никаких принципов, то она будет падать туда еще быстрее.

— О чем ты говоришь?! Как ты не понимаешь, что от нас ничего не зависит. Как бы мы ни рыпались, что бы мы ни делали, надвигается распад, хаос. И вся надежда на наиболее зрелую, организованную часть общества, таких, как ты, на тех, кто прошел Афган. Мы — цемент, который должен скрепить, удержать дом от распада, не дать вспыхнуть в нем пожару...

— Это все демагогия! — решительно прервал его Сарматов. — Пока страна в оргазме от горбачевского «нового мышления». Если уж думать о перспективе, то смотри дальше. И после плохой жатвы надо сеять. При хорошем кормчем корабль продолжает путь и под рваными парусами. Но это не наша забота. Наша работа — война! — добавил он и возвратился к прежней теме: — Все-таки ответь мне на один вопрос: почему ты устроил себе «прогулку» за боевым опытом именно с моей группой?

— Я прагматик. У тебя дела круче, а потерь меньше. А я, знаешь ли, еще пожить хочу.

— Ладно, замяли, — поморщился Сарматов, — думаю, больше нам к этому разговору возвращаться не стоит.

Савелов в ответ лишь пожал плечами.

На перевале Сарматов обшарил через бинокль окрестные скалы и простирающуюся перед ними долину. Не обнаружив ничего подозрительного, он показал рукой вперед.

* * *

И снова бойцы шагают навстречу неизвестности. Снега заканчиваются, теплеет ветер, а вместе с тем заметно улучшается настроение у людей. Кто-то из бойцов даже запевает: «Так громче, музыка, играй победу! Мы победили, и враг бежит, бежит, бежит! Так за царя, за Родину и веру мы грянем грозное ура! Ура! Ура!»

Американец вслушивается в слова песни и вдруг начинает улыбаться чему-то одному ему известному. Внезапно позади со скал срывается снежная лавина, и песня тонет в ее грохоте. Хвост лавины задевает группу, окутав идущих тучей снежной пыли, не причинив, однако, никакого вреда.

— Вовремя перевал траверснули! — воскликнул Бурлак. — Теперь, если те, кто за нами охотится, и увидят наши следы на снегу, подумают, что нас лавиной накрыло.

— Не надейтесь, не подумают! — охладил его оптимизм Сарматов. — И поиск не прекратят. Американцы пакистанской ИСИ за полковника наверняка счет предъявили — те будут землю носом рыть, только бы нас найти!

Сарматов посмотрел на американца. Тот снова потерял сознание так, будто одной ногой уже в могиле.

— Дорогой, очнись, — склоняется над полковником Алан.

В ответ из распухших, потрескавшихся губ вырывается глухой стон.

— В отпаде! — констатировал Алан. — Как бы не загнулся!..

— Это как ему на роду определено! — рассудительно заметил капитан Морозов. — Как говорят: кому суждено сгореть — тот не утонет. У меня замполит был: три Афгана отпахал — и без царапины, а в Москве на бритоголовых ночью напоролся... Нож в спину — и нет мужика!..

— Да, теперь в Москве много всякой нечисти расплодилось: панки, фашисты, анархисты, эти, как их... рэкетиры! — сказал, сверкнув цыганскими глазами, Бурлак и, сжав пудовый кулак, добавил: — Как из этой интернациональной заварушки выпутаемся — побеседуем с ними!..

Восточный Афганистан,
12 мая 1988 года

Раскачивался в такт шагам над горными отрогами перевернутый серп месяца, разрезая темные облака на ночном небе. Осторожно, от камня к камню, от дерева к дереву, от куста к кусту скользили по ночному ущелью люди-тени, и лишь слабые стоны лежащего на самодельных носилках американца нарушали тишину да временами шакалий вой тугими волнами прокатывался по ущелью, будя некий инстинктивный животный страх, идущий откуда-то из глубин подсознания. Взглянув на светящиеся стрелки командирских часов, Сарматов чирикнул по-куларьи.

— Привал, мужики! — сказал он появившимся перед ним бойцам. — Перекусить и быстро все дела справить!..

Пока бойцы вскрывали банки с тушенкой, он достал из рюкзака миниатюрный транзисторный приемник.

— Послушаем вражьи голоса, может, что дельное говорят, — сказал он, подзывая Алана.

Сквозь какофонию шумов и обрывки музыки пробилась английская, но с явным восточным акцентом речь.

«Говорит радио Исламской Республики Пакистан! Передаем информационное сообщение, — вещал диктор. — По информации из Пешавара, на рассвете девятого мая вооруженный отряд сторонников Наджибуллы при поддержке вертолетов с советскими опознавательными знаками совершил бандитское нападение на пакистанский пограничный пост в районе кишлака Фарах. В ожесточенном бою бандиты уничтожены пакистанскими пограничниками, а средствами ПВО сбит советский вертолет, упавший на пакистанской территории. Сегодня аккредитованным в Пешаваре иностранным журналистам были продемонстрированы тела бандитов Наджибуллы, обломки вертолета и тела трех русских летчиков. МИД Исламской Республики Пакистан направил резкую ноту протеста советскому правительству, в которой обвинил его в эскалации войны в Афганистане, в агрессии против суверенного Пакистана и в попрании международных правовых норм. Представителю Исламской Республики Пакистан дано указание информировать Совет Безопасности ООН об этом бандитском нападении...»

— Влипли! — вырвалось у Сарматова.

— Про нас, что ли, говорят?! — вскинулся Алан.

— Про Сеньку рыжего! — бросил Сарматов и повернулся к Савелову: — Понятно теперь, зачем они металлолом грузили?

— Сволочи! — сказал тот и добавил несколько крепких матерных словечек. — Скажи, ты ведь это предвидел?

— Поскольку я бывал в подобных переделках и раньше, то возможности такой не исключал... А насчет предвидения... Не я должен предвидеть, а те, кто планировал операцию, те, кто вертушку посылал без прикрытия!

— С-суки! — прохрипел Силин. — С-суки, лампасники! Они друг друга отмажут, а спрос со стрелочника!..

Сарматов в упор посмотрел на американца:

— Почерк парней из Лэнгли — грубо, но зато с размахом, не так ли, мистер?

— Все о'кей! — усмехнулся тот. — Глупо не извлекать пользу из ошибок противника!..

— Согласен! — хмуро кивнул Сарматов и поднялся. — Короткими перебежками, мужики!.. Не хрен рассиживаться, ночевка отменяется!..

И снова вперед под неверным светом перевернутого месяца, под нестройный хор шакалов, надеясь только на самих себя да еще на удачу, продвигалась группа. А чужая земля под ногами будто специально подсовывала острые камни и скользкие тропы. Слава богу, не противопехотные «лягушки»...

Восточный Афганистан,
13 мая 1988 года

— Говорил же нам в учебке капитан Бардак, — пробормотал Шальнов под нос. — Не ходите, дети, в Африку гулять... Который час, командир? — обернулся он к Сарматову. — Я уже счет времени потерял!..

— Пять без четверти, — ответил Сарматов. — До рандеву с вертушкой три часа. Если дальше все будет благополучно, то успеем!

— Думаешь, она прилетит? — тоскливо задал риторический вопрос Силин и добавил сквозь зубы: — В Елоховской свечку поставлю...

Лежащий на носилках американец поднял голову и спросил у Сарматова по-английски:

— Что он сказал?

Голос американца был слаб и еле слышен даже в предрассветной тишине.

— Сказал, что, если доставим тебя до места живым, он в Елоховской свечку поставит, — ответил майор.

— Что такое «в Елоховской»?.. Я не понимаю...

— Церковь. Патриаршая церковь в Москве.

— А... О'кей! Я согласен... — вздохнул американец и вновь откинулся на носилки.

— Пошел ты! — прорычал Силин и, повернувшись к Шальнову, попросил: — Андрюха, перехвати носилки, меня уже от запаха мочи тошнит!

Розовые рассветные сумерки незаметно вползали в ущелье, окрашивая в пунцовый цвет хлопья тумана над рекой.

— Мужики, держитесь ближе к берегу! — передал по цепочке Сарматов. — За туманом надежнее...

Река, текущая по древнему привычному руслу, то растекалась по ущелью десятком слабосильных ручьев, то собирала их в единый громыхающий камнями пенный поток. Шум этого потока гасил все другие звуки, и, когда совсем близко раздался собачий лай, все замерли от неожиданности.

Сарматов заклеил рот американца пластырем и жестом приказал группе укрыться за камнями. Сам же он пополз вперед, к нависшему над рекой утесу.

Напротив утеса, на противоположном берегу, с осатанелым лаем носилось два громадных туркменских волкодава, а чуть выше по берегу, у драной, исписанной восточными письменами палатки сбилась в комок отара курдючных овец. Из палатки вышла женщина с грудным ребенком на руках. Она остановилась и пристально стала вглядываться вдаль, туда, где на противоположном берегу укрылись бойцы. Спрятавшись за утесом, Сарматов протяжно, с надрывом провыл по-волчьи. На этот вой из палатки выскочил кривоногий старик с длинноствольным «буром» в руках. Он громко что-то крикнул женщине и навскидку пальнул в сторону утеса.

Старик оказался метким стрелком — пуля высекла искры из камня над самой головой Сарматова. Тугой звук выстрела ударил в склоны ущелья, и сотни камней сорвались с места, с грозным шумом обрушиваясь вниз. Сарматов постарался имитировать нечто, напоминающее волчий визг. Кривоногий старик удовлетворенно затряс концами грязной чалмы и исчез за пологом палатки. Прикрикнув на беснующихся собак, следом за ним ушла и женщина.

Скрываясь за кустарниками и камнями, группа торопливо покинула берег, с которого все еще несся собачий лай. Когда напряжение несколько спало, Бурлак нарушил молчание.

— Командир, я подумал, что старикан из своей «пушки» по тебе шарахнул!

— Ага, из «катюши» времен очаковских и покоренья Крыма! — засмеялся Сарматов. — Но, надо сказать, над головой так ахнуло, что аж яйца заломило!..

— А ты уверен, майор, что мы не обнаружили себя? — озабоченно спросил Савелов каким-то противным, официальным тоном. И добавил: — Ведь согласно инструкции мы должны...

— У кого согласно твоей инструкции поднимется рука на бабу с ребенком? — зло перебил его Бурлак. Он круто развернулся к Савелову. — Если только у тебя, Савелов!

— Не забывайтесь! — вспыхнул тот.

— Уж не забудусь! — скривился Бурлак. — Век помнить буду!..

— Отставить разговоры! — осадил их Сарматов.

А перед глазами его вновь всплыла сизая льдина, на которой большим черным крестом распласталась фигура мертвого человека.

* * *

Через окуляры бинокля хорошо виднелась скособоченная буровая вышка, нависающая над сгоревшей дотла платформой, вокруг которой были разбросаны ржавые трубы и металлический хлам, бывший когда-то грузовиками, бульдозерами, вездеходами и еще бог весть какой техникой.

— Оставайтесь на месте, мужики! — оторвавшись от бинокля, сказал Сарматов. — Буровая. В двухстах метрах от нее вертолетная площадка. Летунами ориентир пристрелянный.

При приближении к буровой людей во все стороны начали расползаться, прячась в еще не успевшей пожухнуть траве, змеи, с писком вылетели из машинного отсека платформы летучие мыши. Затем над некогда обжитым людьми клочком земли установилась мертвая тишина, которую нарушал лишь скрип ржавых конструкций перекошенной вышки.

— Как на кладбище, слушай! — зябко поежился Алан.

— А это и есть кладбище, — сказал Сарматов. — Геологи из Тюмени здесь нефть бурили. Оказывали, так сказать, братскую помощь народу Афганистана... При Амине их всех вырезали, а буровую сожгли. — Сарматов оглянулся по сторонам и добавил: — Смотрите под ноги, мужики! Здесь могут быть мины! Силин, проверь-ка там, на вертолетной площадке...

Тот без лишних слов покорно пошел к площадке, а группа приступила к исследованию буровой. Заглянув в машинный отсек, Сарматов вздрогнул и почувствовал, как по телу забегали мурашки, — прямо на него в упор, не мигая, смотрели чьи-то глаза.

За спиной раздался смех Алана.

— Сова мышку кушать прилетела! — пояснил тот. — Не бойся, командир, тебя не съест! Ты для нее слишком большой.

— Фу-у! — против воли вырвался из груди вздох облегчения. Он еще несколько секунд посмотрел прямо в глаза ослепшей от дневного света птице, затем взялся за верещащий портативный передатчик: — Прием, Сашка!.. Что у тебя?.. Прием!..

— Командир, ты был прав!.. Здесь мины — штук шесть!.. Итальянские — с ловушкой, в пластиковых корпусах... Прием!.. — звучал из передатчика глухой, напряженный голос Силина.

— Понял тебя!.. Вертушке больше приткнуться некуда!.. До нее сорок минут — успеешь распатронить?.. Прием!..

— Приступаю, командир! Уведи мужиков — чохом могут сдетонировать... Прием!..

— Понял, увожу! — крикнул в приемник Сарматов, потом повернулся к Алану: — Блин, у вертушки и секунды не будет другую площадку искать!.. Подхватить нас и рвать — пока «Фантомы» движки заводят!..

Сарматов увел бойцов в сторону. Группа укрылась за камнями в стороне от буровой. Воспользовавшись передышкой, Сарматов перебинтовал плечо американца.

Бурлак, находившийся рядом с Сарматовым, внимательно наблюдал за Силиным. И когда он увидел, что тот сел на землю и стал рассматривать свои руки с трясущимися скрюченными пальцами, не ожидая никаких команд, поднялся и сказал:

— От напряжения пальцы свело — спекся Сашка! Пойду сменю, а то... не приведи господи!..

— До вертушки успеть надо, вместе пойдем, — сказал Сарматов и жестом подозвал Савелова: — Капитан, в случае чего будешь за командира. Действуй по обстановке... В Кабул как доберетесь, американца сразу к хирургу.

— В случае чего? — недоуменно спросил Савелов.

Сарматов ничего не ответил. Он повернулся к Савелову спиной и пошел вместе с Бурлаком к тому месту, где притаилась в земле чья-то нежданная смерть.

Силин по-прежнему сидел на земле и тряс перед лицом скрюченными пальцами. Увидев подошедших, он попытался вытолкнуть из перекошенного рта слова, но с губ срывался только хрип и мат.

— Иди, иди, Сашка! — сказал ему Сарматов. — Мы тут без тебя...

Дергающейся, кособокой походкой Силин потащился к камням, за которыми укрылась группа. Глядя ему вслед, Бурлак сочувственно произнес:

— Укатали Сашку крутые горки, а орел был! Списывать придется...

Сарматов со злостью стукнул кулаком по коленке:

— Я должен был в этот раз найти ему замену!

— Где бы ты за два дня такого громыхалу сыскал? — спросил Бурлак и, ступив на площадку, добавил: — Почнем, помолясь, как говорила моя бабка.

Сарматов освободил корпус мины от земли и начал свинчивать детонатор.

— Поддается? — спросил за его спиной Бурлак.

— Со скрипом, — ответил Сарматов и попросил: — Вань, скучно, спел бы?

— Эт можно! — кивнул Бурлак. — Есть у меня один старичок, божий одуванчик, двадцать пять лет на «хозяина» отпахал... Зашел я к нему как-то с пузырем, так он мне такой фольклор на кассету напел, вот, слушай. — И Бурлак запел негромким, но чистым голосом:

— Я рано утром покину Пресню —
Этап мне выпал на Воркуту,
Там, под конвоем, в работе тяжкой
Я, видно, смерть свою найду...

Прервав песню, Бурлак подкинул на ладони цилиндрический детонатор.

— Я со своей итальянкой, Лоллобриджидой этой, договорился по-хорошему! — сообщил он и начал шарить между булыжниками. — Есть, командир, еще одна! Софи Лорен ее назвать, что ли?.. Сармат, провод идет в твою сторону!..

— Вижу! — откликнулся майор. — Перекусываю!.. А ты пой...

— Софи идет как по маслу! — выкручивая второй детонатор, сообщил Бурлак и продолжил петь:

— ...Рассвет забрезжит по-над Москвою,

И затуманит слеза мой взгляд...

— Провод от моей уходит под тебя! — перебил Бурлака Сарматов. — Не шевелись — мина, по-моему, под тобой!

— Е-мое! Под булыжник сработали, суки! — расчистив землю вокруг башмака, прошептал Бурлак. Лицо его стало мертвенно-бледным.

— Предложения есть? — каким-то чужим голосом спросил Сарматов.

— Ты вот что, командир... коли в гости к богу без приглашения, так лучше одному! Уходи!

— Подожди!.. Что-нибудь можно сделать?.. Из любой ситуации должен быть выход!

— Выход, говоришь? Выход здесь один, и искать его я буду в одиночку! Понял, командир? Я сам!.. На тебе — группа!.. — сорвался на крик Бурлак. — Ты только знаешь что, Сармат, старичку тому последнее прости передай... Отец он мне... В пятьдесят три меня состругал... А теперь скорей уходи, Игорь, не ровен час — нога дрогнет!..

Не сводя с Бурлака взгляда, пятясь спиной, Сарматов покинул площадку и буквально через минуту он увидел, как Иван победно поднял вверх руку со сжатым кулаком.

— Прорвемся, командир! — крикнул он. — Кому суждено быть повешенным, тот не утонет!

Бурлак посмотрел вокруг: на ущелье, снежную гряду хребтов, утреннее в розовых перистых облаках небо и, перекрестившись, оторвал от мины башмак.

— Не дотрагивайся до нее! — крикнул Сарматов. — Уходи!.. Уходи, Иван!

Но Бурлак стал перед миной на колени и, подсунув ладони, выдернул ее из грунта.

— Ложись, Игорь! — крикнул он.

Балансируя на влажных от росы валунах, Бурлак дошел до ручья и, осторожно опустив свой страшный груз в воду, одним рывком бросился за камни. Рядом упал Сарматов. Некоторое время они лежат без движения, ожидая, что вот-вот раздастся страшный взрыв, но тишина по-прежнему прерывалась лишь шелестом травы да попискиванием грызунов. Первым пришел в себя Бурлак.

— Артистка, мать ее!.. — воскликнул он и с удивлением спросил: — Дождя-то вроде не было, Сармат!

— Какого дождя?.. — удивился Игорь.

— Ты мокрый, как цуцик! Выжми портки-то!

— Ладно тебе! — отмахнулся тот. — Скажи лучше, чем песня заканчивалась?

— Какая песня? А-а... постой-ка... постой... Не-е, не могу вспомнить! Будто память отшибло! — покачал головой Бурлак. Он посмотрел на часы, потом на небо. — Однако вертушка опаздывает...

Сарматов кивнул и, стараясь не встречаться с Бурлаком взглядом, ушел к вышке, бросив на ходу:

— Пойду мужиков ближе перебазирую.

Влажный зной наполнил ущелье, над которым нависали ослепительно белые заснеженные вершины хребта. Группа распласталась на камнях в стороне от вертолетной площадки. Под кустом с большими, похожими на лопухи листьями лежал на носилках американец. Ему, по всей видимости, стало еще хуже. Он крикнул что-то в бреду, пытался встать, но примостившийся рядом Алан прижал его к носилкам.

Сарматов посмотрел на небо, перевел взгляд на часы и хмуро произнес:

— Мужики!.. Мы здесь уже шесть часов паримся. Похоже, напрасно ждем — уходить надо!..

— Куда? — устало спросил Савелов.

— Не куда, а откуда! Отсюда уходить нужно, а там сориентируемся.

— Обули нас, командир? — глядя прямо в глаза Сарматову, спросил Силин.

— Обули! — кивнул Сарматов, и на лицо его опустилась тень злости, смешанной с обидой.

— Почему, командир? Зачем они это с нами делают?

— Я знаю столько же, сколько и ты, Силин. И задавать мне такие вопросы бессмысленно, — ответил Сарматов, еле сдерживая себя от того, чтобы не разораться во всю глотку, от того, чтобы не покрыть трехэтажным матом свое начальство, безнадежную ситуацию, душманов, которым никак не живется мирно, чужую землю под ногами, по которой приходится топать вот уже который день, и даже беднягу Силина за то, что он задает глупые вопросы, на которые он, Сарматов, не может знать ответа.

— А я вот понял, в чем тут фокус!.. — воскликнул Силин.

— Что-о?.. — удивленно протянул Сарматов. — Что ты понял?

— Да то, что, чтоб отмазаться от пакистанской ноты, нас списали... Я, мол, не я, и жопа не моя, так?.. Когда счет на тысячи, десяток лишних жмуров — ништяк!.. — завопил Силин.

— Тоже мне стратег, — бросил Сарматов и обратился к группе: — Кончай расслабляться, мужики! В дорогу пора!

* * *

На лице Силина появилась странная блуждающая улыбка. Он больше ничего не сказал, молча запихнул в рюкзак пожитки и встал с места.

— С чего тащишься, Громыхала? — остановился возле него Бурлак. — Уел командира! Он что, в другой лодке плывет?

— Тогда чего он о государственной важности, об интернациональном долге лепил? Я в долг не брал ни у Горбачёва, ни у ихнего Наджибуллы... Не брал, значит, не должен, блин! И ты не должен на минном поле раком становиться!.. — вновь взорвался Силин.

— Работа у нас такая. А со своими долгами худо-бедно сам разберусь. Коли у тебя очко дрогнуло, так и скажи! Чего со своими-то ребятами разборки чинить?.. — жестко сказал Бурлак.

— Своими? — переспросил Силин и кивнул на очнувшегося американца: — Я у ихнего писателя, армянина Сарояна, как-то вычитал, что в нашем сучьем мире каждый является солдатом своей собственной армии.

— Ну, у них там, может быть, и так, а у нас...

— А у нас в квартире газ! — оборвал Силин и, закинув за спину рюкзак, взялся за носилки.

Отвесные скалы по сторонам ущелья то расходились, открывая перед идущими долину, то сходились до узкой теснины, в которой клокотал и ярился пенный поток. Тропа все время вилась рядом с рекой. Идти приходилось по камням, по песку, а то и продираться через заросли все того же колючего кустарника с лопушиными листьями, через сплетение ветвей которого снопами прорывались солнечные лучи.

Внезапно где-то далеко, за спиной группы, раздался глухой взрыв. Он резонировал в скалы и еще долго гулял по ущелью раскатистым эхом.

— Что это? — спросил Савелов. — Может, вертушка прорвалась и ее накрыли?..

— Мина, — ответил Бурлак. — Воды с гор прибавилось, поволокло ее по течению, по камням побило, вот она и взорвалась.

— Старайтесь не следить, мужики! — предупредил Сарматов. — Те, кто нас ищет, могут захотеть проверить, что взорвалось.

К шагающему Сарматову пристроился Савелов.

— Майор, ты веришь в то, что нас списали? — спросил он.

— Это имеет значение? — равнодушно уточнил Сарматов.

— Для меня — да. Я хочу знать правду!.. — вспыхнул, как сухая спичка, Савелов.

— «Успокойся, смертный, и не требуй правды той, что не нужна тебе!» — процитировав Есенина, Сарматов усмехнулся и продолжил: — Или вот еще: «Нет правды на земле, но нет ее и выше!»

— А что же есть тогда, Игорь? — задумчиво глядя под ноги, спросил Савелов.

— Большая куча дерьма, и мы в ней копаемся. Уже семьдесят лет копаемся! — брезгливо бросил Сарматов.

— Я не о том!.. — оборвал его Савелов.

— А я о том! Миллионы погибли в Гражданскую, десятки миллионов — в коллективизацию, десятки миллионов — в Отечественную, сотни тысяч — в корейскую, миллион с хвостиком чужих, десятки тысчонок своих — в эту, афганскую. А тут всего-то речь о тринадцати душах!.. Почему, Савелов, в любезном нам Отечестве правда с кривдой всегда в обнимку ходят?.. Спроси у тестя — почему?.. Может, всевышним так задумано, а может, такими, как тесть твой?.. Что смотришь? Ведь у нас в России спокон веков было две напасти — внизу власть тьмы, а наверху тьма власти. Но должна же эта тьма хоть немного мозгами шевелить!

Савелов промолчал и лишь криво усмехнулся. Сарматов встряхнул носилки с американцем и сказал скорее самому себе, чем обращаясь к кому-нибудь:

— Очнулся, мистер!.. Чего глаза таращишь? — Бросив на Сарматова длинный взгляд, Савелов вдруг поменял тему разговора и сказал:

— Я у генерала твоего спросил как-то: почему, мол, хоть на Сарматова и цацки сыплются дождем, и Суворовское за ним, и академия, а он в тридцать пять все майором на брюхе ползает?

— Какие мои годы, Савелов! — улыбнулся Сарматов. — Вон Морозову — сорок, капитанские погоны будто автогеном к плечам приварили. Почему?.. А потому, что капитан Морозов смеет свое суждение иметь!

— Примерно то же сказал мне генерал о майоре Сарматове...

— Что ж ты тогда до меня докопался? Все, что тебе нужно, это сделать вывод... Правильный вывод, Савелов, понимаешь?..

— И тебе тоже, Сарматов!

Восточный Афганистан,
15 мая 1988 года

Постепенно ландшафт меняется. Залитое зеленым лунным светом ущелье заметно расширилось, стала полноводней река, более густыми заросли по ее берегам.

Под сенью столетних деревьев и колючих карагачей группа тащилась на запад. Впереди шагали несколько человек охранения, двое бойцов в небольшом отдалении замыкали цепь. По-прежнему блуждали вокруг горящие огоньки шакальих глаз.

– Отдохни, Сармат, – сказал капитан Морозов, отстраняя того от носилок со стонущим американцем. – И включи-ка радио, что ли. Послушай, может, чего умного скажут?..

Сквозь шум и треск из приемника доносилась русская речь.

– «Маяк», – сказал Шальнов. – Сейчас информационная передача начнется.

«Бундестаг присвоил звание «Почетный гражданин Германии» выдающемуся борцу за мир Михаилу Сергеевичу Горбачеву, — сообщил диктор. — На переговорах в Женеве по Афганистану между сторонами при посредничестве американских и советских представителей достигнут значительный прогресс, вместе с тем остаются противоречия в вопросах будущего политического устройства и состава коалиционного правительства, а также в сроках и условиях вывода советских войск...»

— Да, — вздохнул Морозов. — Драку легко начать — трудно закончить.

«...МИД СССР выражает решительный протест пакистанскому правительству в связи с имевшим якобы место инцидентом на афгано-пакистанской границе и расценивает пакистанскую ноту и шумиху, поднятую некоторыми средствами массовой информации, как шаг к осложнению пакистано-советских отношений. Лидер Народной Республики Афганистан Наджибулла в интервью корреспонденту «Правды» заявил о полной непричастности правительственных войск к данному инциденту и расценил его как очередную провокацию пакистанской военщины, направленную на втягивание Пакистана в открытую войну против афганского народа...»

— Мы по уши в дерьме, а они все в белых фраках! — сплюнул Бурлак, идущий впереди, и, вдруг сорвав с плеча пулемет, насторожился: — Командир, шакалы притихли! — прошептал он.

— Все замрите! — приказал Сарматов и приник ухом к земле. — Вроде бы тихо, но что-то не так! — шепнул он, приподнимаясь.

— Может, к дождю? — высказал предположение Алан. — К дождю эти твари затихают.

— К «духам» это, а не к дождю! — уверенно бросил Сарматов.

— С чего ты взял? — недоверчиво спросил Алан, но тем не менее заклеил пластырем рот американцу.

— Занимаем вон ту высоту! — Сарматов указал на нависшую над рекой скалистую глыбу со стесанным верхом, которая, казалось, чудом удерживалась на месте.

Стараясь держаться в густой лунной тени, бойцы бесшумно преодолели семидесятиметровую крутизну и оказались на вершине огромной глыбы; замыкающие ухитрились даже поднять туда и носилки с американцем.

— Занять позицию для боя! — приказал Сарматов.

— Який бой? — недоверчиво спросил старший лейтенант Харченко. — Тыхо, як на погости!

Опровергая его слова, из глубины ущелья донеслось еле слышное конское ржание. Харченко застыл с открытым ртом.

— Цэ нэ людына! — опомнившись, прошептал он, косясь на Сарматова. — Вин... вин — компьютер!

— Кто? — так же шепотом спросил залегший за камень Силин.

— Та Сармат! — опускаясь рядом, ответил Харченко. — Як вовк, кров чуе!..

— Угу! — усмехнулся Силин. — Ни комплексов, ни сомнений!.. Только не волк он, а пес, псина сторожевая...

— Бреши!.. Пес — вин на кабана, на зайця, а козак — вин на вийну...

— А пошел ты! — бросил, отворачиваясь, Силин. — Нашли тоже Сталлоне... Русского разлива.

Сарматов тем временем до ряби в глазах вглядывался через бинокль ночного видения в окружающий ландшафт. Пока было все спокойно. Кругом виднелись только залитые лунным светом скалы, черные провалы расщелин, мерцающая антрацитом под лунным светом лента реки и темные расплывшиеся пятна кустарников. Над одним из таких пятен внезапно возник движущийся клуб пыли, а скоро показались и всадники — человек пятьдесят, скачущие на взмыленных конях.

— Что там, майор? — тихо спросил Савелов.

— «Духи»! — глядя в бинокль, констатировал Сарматов. — Братва, сидеть тихо, как мыши!.. Огонь — только по моей команде!

«Духи» осадили коней напротив скалы на противоположном берегу реки. Всадник на крутошеем ахалтекинце обвел ущелье камчой, и все с гиканьем веером рассыпались по сторонам.

— По нашу душу, ясно! — шепнул Сарматов Савелову. — Но след, похоже, не взяли.

Преодолев реку, часть всадников поскакала по берегу в сторону глыбы, на скошенной вершине которой затаилась группа. Прицелы бойцов ловили зеленые от лунного света лица. Грохот копыт нарастал стремительно и неотвратимо. Все громче слышались гортанные выкрики. У подножия глыбы всадники сбились в круг и о чем-то возбужденно заспорили. Один из них — по обличью, по манере сидеть в седле явно европеец — показал камчой на вершину. Двое всадников погнали коней к тому склону, по которому совсем недавно поднялась группа Сарматова.

— Почему не даешь команду, майор? — лязгая зубами, спросил Савелов.

Сарматов наклонился к его уху:

— Пикнешь еще раз — завалю первым!.. — В голосе его слышалась еле сдерживаемая ярость.

Савелов закрыл бледное лицо ладонями, Сарматов ящерицей скользнул в темноту.

А всадники тем временем гнали коней все выше и выше по склону. В самом крутом месте подъема конь под первым наездником неожиданно захрапел, закрутился на месте и, несмотря на удары камчи, отказался скакать вперед. Под насмешки оставшихся внизу всадник возвратился назад. Однако конь второго легко преодолел крутизну и вместе со своим хозяином стремительно помчался к вершине по самой кромке нависшего над рекой обрыва. До вершины оставалось совсем немного, когда конь, захрапев, шарахнулся от куста, растущего между камнями, в сторону. Разъяренный наездник, с трудом сдерживая жеребца, ударами камчи направил его прямо на куст. Конь повиновался его воле. Но едва его копыта взмыли над скалой, как от куста отделилась черная тень. Блеснула в лунном свете сталь ножа, в одно мгновение распоровшая конское брюхо. Прошло еще несколько мучительных секунд, в течение которых казалось, что ничего не происходило. Потом конь резко шарахнулся в сторону и вместе со всадником опрокинулся с обрыва в реку...

В воздухе повис крик ужаса, затем послышался глухой удар... Оставшиеся внизу всадники закрутились на месте, загомонили, часто повторяя: шайтан, шайтан. Затем, как по команде, все бросили своих коней в воду. Выбравшись на противоположный берег, они погнали их вперед по ущелью. И когда вдали стих шум копыт, а по ущелью снова то там, то здесь начали вспыхивать шакальи глаза, Сарматов недоуменно спросил Алана:

— Что их так напугало?

— Шайтан! — ответил тот. — Это ущелье пользуется дурной славой — они говорили, что шайтан живет здесь. Он не любит, когда его тревожат, и не отпускает гостей живыми. «Духи» думают, что лошадь сбросил шайтан, а не ты, командир.

— Темнота средневековая! — засмеялся пришедший в себя Савелов. — Чурки немытые!

— Не возникай, капитан! — осадил его Сарматов. — О чем они спорили, Хаутов?

— О том, шайтан-бала мы или нет, — ответил Алан и пояснил: — Шайтан-бала — это дети шайтана.

— Ну, и на чем сошлись? — заинтересованно спросил Сарматов.

— Сошлись на том, что возникать из ничего, убивать много правоверных, красть американских полковников могут лишь шайтан-бала. А искать шайтан-бала бесполезно, так как им помогает отец их — дьявол. И еще. — Алан согнал с лица улыбку и серьезно продолжил: — Их отряды рыщут по всем тропам, этот — один из них. Командуют всеми цэрэушники и пакистанцы из ИСИ. Входы и выходы из всех ущелий перекрыты. За американца и за нас назначен бакшиш — миллион баксов...

— Миллион?! — вырвалось у Силина. — Ты ничего не перепутал?..

— Я с детства фарси учил! — обиделся Алан и продолжил: — Некоторые люди Наджибуллы тоже хотят этот миллион и обещают Хекматиару наши головы, если мы попадем к ним.

— «Восток — дело тонкое!» — вздохнул Бурлак. — Представляю, сколько русских голов они уже перетаскали Хекматиару!..

Встретившись взглядом с Сарматовым и тут же отведя глаза, Силин сказал:

— Ты был прав, командир!.. Этот американский пидор знает что-то такое, за что они готовы миллион выложить, лишь бы того, что он знает, больше никто не узнал.

— Прав-то прав, да кому от этого легче! — кивнул Сарматов и потер виски: — «...Налево — засада, махновцы — направо!» И Хекматиар бакшиш хочет, и вояки Наджибуллы... Даже если мы с боем вырвемся из этой мышеловки — все равно к нему попадем...

— Насколько я осведомлен в оперативной обстановке, наши там, за хребтом, — показал Савелов на залитые лунным светом заснеженные пики хребта.

— Там, — согласился Сарматов. — Однако с таким грузом, — кивнул на американца, — хребет нам не одолеть!

— Налегке могли бы! — произнес Савелов, неотрывно глядя в сторону американца. — Старик, — обратился он к Сарматову, — рано или поздно придется принимать кардинальное решение. А ему, — он кивнул на американца, — все одно не выкарабкаться.

Сарматов промолчал и пристально посмотрел на Савелова. Перед ним вновь покачивалась на свинцово-серой воде льдина...

* * *

...Сарматов, Бурлак и Алан бегут по обрывистому берегу северной реки и кричат вразнобой:

– Не стреляй, Савелов, возьмем его!..

– Остановись!.. Не стреляй!..

– Возьмем!..

Лейтенант Савелов, бросив взгляд в их сторону, приникает к автомату.

– Приказываю – не стреляй! – кричит Сарматов.

Грохочет очередь. Зэк на льдине, раскидывая по сторонам руки, валится лицом вниз, словно большая тряпичная кукла.

Трое на высоком берегу смотрят на уплывающую в хаос ледохода льдину, на белой поверхности которой черным крестом распростерта фигура человека...

* * *

– Я тебе не старик! – зло усмехнулся Сарматов, в упор глядя на Савелова. – Мы с тобой соль пудами не ели! – И, силясь отогнать картины из прошлого, трясет головой.

– Прошу прощения, товарищ майор! – сухо произнес Савелов. – Но глупо рисковать лучшей в ведомстве спецгруппой. Тем более выполнить приказ она не может по не зависящим от нее обстоятельствам. В Москве, обещаю, я приложу все усилия, чтобы виновные были найдены и понесли наказание, какие бы звезды они ни носили.

— Красиво поет, пташка! — усмехнулся Бурлак.

Игнорируя его, Савелов продолжил:

— Но, товарищ майор, как старшие, мы отвечаем перед командованием за сохранность группы.

— А перед тем, что здесь? — Сарматов показал на грудь.

— Нравственно-эмоциональные сентенции к делу не пришиваются! — сухо парировал Савелов. Бурлак стукнул себя по коленям кулаками:

— Командир, вспомнил я, чем песня кончилась!

— Песня?.. Какая песня? — не сразу врубился Сарматов. А потом понял, что речь идет о той, не допетой на минном поле песне. — А ну!..

— «В дождях холодных нас скроет осень, в объятьях крепких сожмет ГУЛАГ, статья суровая — полтинник восемь, клеймо навек — народа враг!..» — Прервав пение, Бурлак схватил Савелова за плечо и выдохнул ему в лицо: — Уже и дело сшил, сука!.. Думаешь, военный прокурор не поймет, что мы тут не по паркету шаркаем, а войну пашем?!

— Тише на поворотах, Бурлак! И кстати. Я ни словом не упоминал здесь военного прокурора!

— А я научился понимать не то, что упоминают, а что хотят упомянуть! — Сплюнув, Бурлак отошел в сторону.

Алан панибратски хлопнул Савелова по плечу и, улыбаясь, сказал:

– Не нервничай, дорогой! Рожденный умереть от геморроя не отдаст концы на телке...

– Убери руки, старлей! – сорвался на крик Савелов и оттолкнул Алана в сторону.

– Ну зачем так, дорогой? – не отставал Алан. – Если гора не хочет идти к Магомеду – на хрен такой гора!..

– Ты к чему это, старлей? – немного успокоившись, спросил Савелов.

– К дождю, дорогой. А может, к большому восхождению.

– Пошли вы!.. С Магомедами, горами и дождями!.. Обожжетесь, крутые ребята!.. – вновь начал нервничать капитан.

– Не знаю, обожжемся ли, а говна, чую, нанюхаемся!.. – усмехнулся Бурлак.

– Прекратить разговоры! – прикрикнул на них Сарматов, которому уже порядком надоел этот треп. Он повернулся к Савелову: – А с вами, капитан, мы продолжим разговор в более комфортных условиях.

* * *

Утренние рассветные сумерки вползают в ущелье. Река вновь окутывается молочным туманом.

Камни и деревья по ее берегам приобретают странные, размытые очертания. Кажется, что у реки столпились сказочные великаны, страшные чудовища, фантастические животные. Местами туман встает сплошной стеной, и тогда Сарматову, чтобы оценить обстановку, приходится взбираться на камни, возвышающиеся над ним. Вынырнув в очередной раз, он поднес к глазам бинокль. Кругом виднелись только крутые галечные осыпи, валуны, кустарники и отвесные скалы на противоположной стороне ущелья. Все было тихо и мирно, но что-то заставляло его быть внимательным. Он уловил какое-то движение за кустами и насторожился. Наконец из кустов грациозными, легкими прыжками выскочил круторогий горный баран — архар — и застыл на скалистом утесе. Почувствовав присутствие людей, он ударил о камень копытом и, нехотя развернувшись, поскакал в черный провал расщелины.

Сарматов передал бинокль вышедшему из-под туманного полога Алану.

— Вон там, у ствола сухого дерева, почти на вершине, не пещера ли? — спросил майор.

— Да вроде бы. Но нужно проверить.

— Давай с Бурлаком. Только без шума...

— Есть! — мгновенно откликнулся Алан. Проводив взглядом растаявших в тумане Алана и Бурлака, Сарматов скомандовал:

— Привал, мужики!

Харченко и Шальнов опустили носилки с американцем возле самой воды. Сарматов потрогал его за здоровую руку и спросил:

— Пей, полковник. Прошу тебя, пей, а?

Тот лишь пристально посмотрел на него мутным взглядом. Выглядел американец еще хуже прежнего. Глаза его ввалились, исхудавшее лицо почернело, губы потрескались и спеклись.

— Ну что же ты?.. — спросил Сарматов, и в голосе его уже не было прежней злости.

Еле шевеля распухшими губами, американец вытолкнул из себя:

— В уставе американской армии сказано... если нельзя выполнить приказ, офицер обязан... обязан принять все доступные меры для спасения своей жизни и жизней подчиненных.

— Сдаться «духам»? — резко оборвал его Сарматов.

— Такие, как... ты, не сдаются, — спокойно ответил американец.

— Тогда что же?

— На войне жестокость — способ... способ спасения, майор.

— Ах, вот ты о чем!..

— Я все равно обречен. И это понятно не только мне, но и тебе. Я смирился... с неизбежным.

— Ну-у, еще не вечер, полковник! — твердо сказал Сарматов.

— Я не доживу... не доживу и до вечера, — напрягая все силы, шептал американский полковник. — Лучше реши все сейчас... Иначе вам... вам не выбраться из этих... этих проклятых гор.

— Тебя вдруг стала заботить наша судьба? — удивился Сарматов.

— Да!

— Почему?

— Это... это не имеет значения.

Сарматов внимательно посмотрел на американца:

— Мы действительно раньше не встречались, полковник?

— Теперь... это уже неважно, — захрипел тот и закрыл глаза.

* * *

Алан и Бурлак преодолели крутизну склона и взобрались на одну из террас. Там среди камней вилась еле заметная тропинка, уходящая в распадок между отвесными скалами. Пройдя по ней, бойцы вышли на примыкающую к отвесной скале ровную площадку, с трех сторон окруженную пропастью.

— Сармат был прав, здесь пещера! — сказал Алан, показывая на проем в скале.

Держа автомат наготове, Бурлак заглянул в ее черное чрево и тут же отшатнулся.

— Там кто-то есть! — шепнул он срывающимся голосом.

Из пещеры донеслись громкие беспорядочные стуки и непонятное фырканье. Даже от входа было видно, как в глубине пещеры перемещались две горящие точки.

— Может, не врали «духи»? — воскликнул Бурлак. — Может, шайтан, а?

— Снежный человек, слушай! — прохрипел, хватая его за руку, Алан.

— Уффф! — выдохнул Бурлак. — Блин, его нам только и не хватало! А может, опять сова? А?

— Да нет, Ваня, это снежный человек!.. Клянусь мамой — он!.. Я слышал, они здесь водятся!

— Е-мое!.. Что делать-то с ним? — на полном серьезе вопросил Бурлак.

— Ваня, я считаю, надо его живым брать! — давясь от смеха, но делая непроницаемое лицо, ответил Алан.

— Зачем? — вконец озадачился Бурлак.

— Для науки! — шепотом объяснил Алан. — Они же редкий, исчезающий вид! Кто знает, может, этот вот вообще последний!

— Я в книжке читал — они трехметровые! Как мы его брать-то будем, такого громадного? — спросил Бурлак, не отводя взгляда от входа в пещеру. — Гляди, гляди, как глазищами лупает!..

— Ничего, прорвемся, Ваня! Сейчас я его, голубчика, обездвижу, а там уж мы с тобой вдвоем как-нибудь управимся! — крикнул Алан и бросился в пещеру.

Но едва он сделал несколько шагов, как что-то огромное и лохматое сбило его с ног. Бурлак бросился на помощь, но страшный удар выбросил его из пещеры. Однако Алану все же удалось вцепиться в лохматый бок неведомого существа и даже закинуть на него ногу. Матерый архар выскочил на площадку и, делая громадные прыжки, пытался сбросить с себя непрошеного наездника.

— Ваня, Ваня, кто это? — крикнул Алан истошным голосом. У него перед глазами была лишь шерсть животного, через которую он никак не мог разглядеть, кого же он все-таки оседлал.

— Блин, да это ж козел! Козел, слышишь, Алан! Мать твою! — очухался Бурлак.

— Кто козел?.. — заорал Алан, еще сильнее вцепляясь в шкуру животного.

— Он — козел! — крикнул в ответ Бурлак.

— Какой, слушай, козел?..

— Рогатый, блин!

— Ваня, клянусь мамой, его живым брать не надо!

— Так бы и сказал! — определился наконец Бурлак и в прыжке всадил десантный нож между лопатками архара. Тот запрокинулся набок, подмяв под себя Алана. На лицо Алана хлынула кровь.

— Ваня, сними его, а! — захлебываясь, крикнул тот.

Бурлак после нескольких безуспешных попыток исхитрился схватить архара за дергающиеся в конвульсиях ноги и оттащить в сторону.

— Блин, центнера два в нем! — прохрипел он. Отдышавшись, они посмотрели друг на друга и вдруг зашлись в неудержимом хохоте:

— Ха-ха-ха, снежный человек!

— Для науки! Брать живым! Ха-ха-ха!

— Трехметровый! Ха-ха-ха!

— Клянусь мамой! Ха-ха-ха-ха-ха!

— Козла живым не надо! Ха-ха-ха-ха-ха!

Откуда-то сверху через невидимые щелки в пещеру лился рассеянный свет, по стене напротив входа текла и исчезала в трещине пола струйка воды, в стороны уходили два тупиковых ответвления. Луч карманного фонаря прошел по стенам и уперся в затянутый паутиной угол.

— Сюда, мужики! — позвал Сарматов, тщательно высвечивая что-то в пещере.

Бойцы подошли к командиру. В луче фонаря они увидели два скелета. На полу возле них валялись проржавевшие карабины и истлевшая амуниция. Сарматов стал разглядывать останки.

— Английские солдаты... Дворец этот не посещался с... с девятнадцатого года, — наконец сообщил он собравшимся.

— С девятнадцатого? — переспросил Шальнов.

— Со времени третьей англо-афганской войны, — пояснил майор.

— А кто в ней победил? — поинтересовался Алан.

— Афганцы. Собственно говоря, как и в предыдущих двух.

— Они и англичанам вломили? — удивился Шальнов.

— Вообще-то, друг мой, — сказал Сарматов, — войны не считаются законченными, пока не захоронены все погибшие в них солдаты.

— Христолюбивое русское воинство, — громко произнес Шальнов. — Нам выпала историческая миссия закончить третью англо-афганскую войну!.. Кто «за»?..

— Можэ цю погану вийну зараз закинчить та на ридну Львивщину отбути! — вздохнул Харченко. — Скильки можно у крови наший та афганский купатыся?

— Об этом на Старой площади при случае спроси, — посоветовал Морозов.

— Щоб у ных там погани очи на потылыцю повылазылы!

Бойцы осторожно сложили останки англичан в нашедшуюся в одном из рюкзаков полиэтиленовую пленку, туда же присовокупили их карабины и амуницию.

Затем Морозов и Шальнов опустили скорбный груз в разлом между двумя глыбами. Перед разломом собралась вся группа, а рядом в тени скалы стонал на носилках американец, пытаясь принять сидячее положение.

— Майор, — громко обратился к Сарматову Савелов. — Как раз в девятнадцатом году, когда эти тут геройствовали, Красная армия гнала английских интервентов с нашего Севера.

— И что? — откликнулся тот.

— В нашем-то положении чего с покойниками возиться, с чужими? Чего выпендриваться?.. Уверяю, сей факт историей не будет отмечен...

— Я в этом и не сомневаюсь. Но только мы ведь это делаем не для истории! — резко ответил Сарматов и отвернулся от Савелова.

— Группа, равняйсь! Смирно! — скомандовал майор.

Американский полковник, которому все же удалось сесть, хотя было видно, что это доставило ему сильные мучения, с удивлением смотрел на застывших в строю с оружием в руках бородатых, в изодранной одежде бойцов.

— На караул! — тихо сказал Сарматов, и бойцы четко исполнили команду. — Прах солдат Соединенного Королевства Великобритании и Северной Ирландии земле предать! — произнес Сарматов и поднес к берету руку.

Камни вперемешку с землей заполнили разлом.

* * *

Американец, не выдержав напряжения, уронил голову на носилки и погрузился в забытье. Он не приходил в себя, даже когда Алан и Сарматов начали разбинтовывать его плечо. Сняв ленты, оба переглянулись.

— Слушай, Сармат! — воскликнул Алан. — Что ты смотришь? Ты в Анголе кубинца рэзал, да?.. Почему этого не хочешь?..

— Там йод, антибиотики были! — отмахнулся Сарматов. — Без анестезии он умрет от болевого шока.

— Ты-то, Хаутов, чего возникаешь? — вмешался в разговор вставший на пост у входа в пещеру Силин. — Его семья без куска хлеба не останется. У них платят — не то что нам! И страховой полис... А апартаменты — верняк, не однокомнатная в хрущобе, как у командира!

— Нашел, о чем сказать! У других и этого нет, — пробурчал Сарматов.

— А другие у нас что, как мы, по всему шарику жопу на британский флаг рвут? — вскинулся Силин. — Как мы, в кровище купаются, да?

— Надо кому-то делать и эту работу! — присоединился к разговору Алан.

— Надо! — с сарказмом передразнивает Силин и бьет кулаком по камню. — Торгашам, партайгеноссе всяким надо лопатой грести бабки под себя, а нам, грешным, по чужим горам на карачках ползать!

— Нэ напрягай, Сашка. Сам же выбрал себе работу, — попросил Алан. — Что ты заладил про свои деньги? Замолчал бы, что ли! И так тошно...

Но Силин будто не слышал просьбы Алана. Его несло:

— Командиру за задание «государственной важности» еще одну цацку кинут, любуйся, мол, майор, цацкой и не возникай с вопросами, а возникнешь — цацку отнимем, тебя куда надо отправим...

— Ты что наезжаешь, плохо спал, да? — перебил его Алан.

— Я вообще спать не могу! — сказал, кусая губы, Силин. — Все думаю — какое мне дело, кому афганцы молиться будут?.. Ленину или своему Аллаху?

— Сбавь обороты, Саша! — начал злиться Сарматов и, отвернувшись от Силина, обратился к Алану: — Где бы нам емшан-травки надыбать, да поболее, а?..

— А зачем надо, командир?

— За надом!.. Скоро узнаешь.

— Все ущелье обыщу, а надыбаю, Сармат! — понимающе воскликнул Алан.

— Давай, дуй с Бурлаком! Да возвращайтесь поскорее, — кивнул Сарматов и отошел к краю пропасти.

Туман рассеялся и открыл ущелье, прорезанное извилистой лентой реки. В белесом небе, в стороне, где пролегала пакистанская граница, парили большие черные птицы, описывая над землей широкие круги.

— Что-то грифы разлетались? — спросил подошедший Силин. — Не «духи» ли?..

— Кониной разговляются, — морщась, ответил Сарматов.

— А-а! — протянул Силин и подвинулся ближе к майору. — Командир, мы с тобой давно не целки...

— О чем хлопочешь? Никак в толк не возьму? — поинтересовался Сарматов.

— О летунах, которых они послали на верную смерть!.. — зло объяснил Силин.

— Летуны уже в наших хлопотах не нуждаются!

— Мы нуждаемся! — перешел на шепот Силин. — За хребтом — наши. Траверснуть хребет, как два пальца...

— А американца куда денем? Об этом ты подумал?

— Понимаю, тебе его замочить офицерская честь не позволяет. Давай я... А перед тем — за кадык его: говори, мол, сука, все, что знаешь! У меня расколется, как арбуз перезрелый!

— Складно поешь! — оборвал его Сарматов и отвел глаза.

— Кончай, командир, совесть мучить! Ему все равно уже всевышний путевку в рай выписал, а мужики ничего не поймут... — продолжал шептать Силин.

Сарматов с негодованием посмотрел на Силина и с яростью схватил его за грудки:

— В помощники к всевышнему набиваешься, чмо рваное?!

Вышедший из пещеры Савелов, заметив сцепившихся Сарматова и Силина, громко прокричал:

— Есть проблемы, мужики?

— Нет проблем! — ответил Силин и, вырвавшись из рук Сарматова, отошел к пещере.

— Если вернемся, я тебя к такой-то матери из отряда! — бросил ему в спину Сарматов.

Силин повернулся к Сарматову и, кривя губы в ядовитой усмешке, сказал:

— Если!.. Судьба — она кошка драная, командир...

Сарматов обжег его бешеным взглядом и ушел в пещеру. К Силину подошел Савелов.

— Хороший мужик майор, только ему его геройство свет застит, — сочувственно произнес он и добавил: — Не мешай, а то он по тебе как на танке проедет.

— А мне его геройство на хрен не нужно! — хмуро ответил Силин, всматриваясь куда-то в горизонт. — Я ему тоже не портянка... чтобы меня раком ставили!

— Если что, рассчитывай на мою помощь, — сказал Савелов и протянул руку.

Силин некоторое время стоял задумавшись, будто не замечая протянутой руки, затем взял и отвернулся.

Носилки с американцем стояли в пещере у самого входа. С губ полковника срывался уже не стон, а хрип вместе с пузырьками сукровицы.

— Очнись, полковник! — обратился к нему Сарматов, тряся его за плечи.

Тот лишь остановил на нем мутный блуждающий взгляд и ничего не сказал.

— Твоя рана не оставляет надежды, — сказал Сарматов. — Сожалею, но у меня нет другого выхода!

Ввалившиеся с охапками полыни в пещеру Алан и Бурлак, увидев склонившегося над американцем Сарматова, остановились.

— Горькой травки у них, как и сладкой, тоже в избытке! — пробасил Бурлак, обращаясь к Сарматову.

Молча кивнув, Сарматов снова склонился над американцем.

— Пусть будет, как назначено судьбой, — прошептал тот. — Лишь бы только помолиться... помолиться наедине, а, майор? Это не займет много времени...

— Конечно! — сказал Сарматов и кивнул Бурлаку и Алану. Те вынесли носилки с американцем из пещеры и поставили возле камня.

Из глубины пещеры, где бойцы разделывали тушу архара, вышел капитан Морозов и подошел к Сарматову. В одной руке у него был котелок, наполненный кровью, в другой — здоровенные витые рога козла.

— Американцу попить бы кровушки — сила в ней! — сказал он, кивая на котелок. — В моей Даурии от всех хворей — рога марала. Потру, пожалуй, в порошок — глядишь, и архарьи силу имеют.

— Добрая душа ты, Егор Степанович! — усмехнулся Сарматов.

— В нашем-то деле не должна она быть недоброй, — сказал Морозов.

— Егор Степанович, спирту бы?

— Спирту? — вскидывается тот. — Ты что, командир?..

— Да я не себе... Американцу вместо анестезии.

— А я уж подумал!.. — облегченно вздохнул Морозов. — Пулю выковыривать будешь?..

— Да. Хотя шансов, мягко сказать, немного...

— Спирт есть, командир. Я еще в Кабуле все их сидоры перетряс — фляг семь наберется.

— Ничего себе! — воскликнул Сарматов. — Тащи!

Американец сидел, привалившись здоровым плечом к камню. Когда Сарматов и Алан встали у него за спиной, он, не поворачивая головы, произнес:

— Я готов, майор!

Упираясь здоровой рукой в камень, он пытался встать на ноги, и, когда с помощью Алана ему это удалось, он обвел взглядом снежные хребты и прошептал:

— Круг... круг замкнулся! Все же как странно пересеклись наши пути!..

— Не мы их выбираем, полковник, — ответил Сарматов. — Я тоже узнал тебя, «падре»!..

Американец кивнул головой и, не поворачиваясь, спросил:

— Ну и как вы собираетесь со мной покончить?

Сарматов и Алан переглянулись. У обоих на лицах было написано удивление, смешанное с отвращением. Повисла тягостная тишина, которую наконец прервал Сарматов:

— Я — русский офицер, а не заплечных дел мастер! — сухо сказал он и, поймав мутный взгляд американца, тихо добавил: — Тебе, полковник, предстоит операция — без анестезии, ты согласен?

— Так вы не собираетесь меня... — вырвалось у американца.

— Вы согласны? — прервал его Сарматов, повторяя прежний вопрос.

— Что ж, надежда умирает вместе с нами! — после длительной паузы сказал американец. — Но... но хочу, чтобы ты знал... знал, майор, что борьбу... с коммунистами... я выбирал сам!

— С этим не ко мне, а к капитану Савелову. Он у нас специалист в области идеологических противоречий, — сказал Сарматов и протянул американцу кружку со спиртом. — Это, конечно, не виски, но другой анестезии предложить не могу.

Полковник залпом выпил спирт, и тут же к его губам Алан поднес кружку, наполненную кровью архара.

— Пей, дорогой! Пей!

Едва сдерживая тошноту, американец все же осилил полкружки.

— Вторую в моих горах пьют за Аустерджи, — сказал Алан, снова наполняя кружку спиртом.

— Что он сказал? — переспросил у Сарматова полковник. — Что такое Аустерджи?..

— Аустерджи — это святой Георгий, — пояснил Сарматов. — Осетины всегда поднимают второй тост в его честь.

— Ну так за Аустерджи! — прохрипел американец и опять залпом опрокинул спирт, запивая его кровью.

Отдышавшись, он обратился к Сарматову:

— Я слышал, что ваш русский православный бог любит троицу...

— Верно! — подтвердил тот.

Американцу налили третью кружку спирта, которую он, давясь, с трудом осилил.

— Хватит, больше не наливай! — остановил изготовившегося Алана Сарматов. — Такая доза «шила» и слона свалит!.. Ваня, раскурочь с десяток маслят, а порох — в кучку! — приказал он Бурлаку, прокаливая на костерке лезвие десантного ножа. — Алан, сунь ему в рот берет, чтобы американскую улыбку не попортил!..

Тщательно вымыв спиртом нож и руки, Сарматов подошел к американцу, который уже вырубился после наркоза и храпел на ложе из полыни у самого входа в пещеру.

— Держите его крепче, мужики! — попросил Сарматов. — Лишь бы вену не задеть! У меня руки от напряжения дрожат, — пробормотал он, погружая лезвие ножа в рану.

Американец стал дергаться и громко вскрикивать, но, к счастью, не просыпался.

— Держите его, мать вашу!.. — закричал Сарматов. — Терпи, полковник!.. Терпи!.. — бормотал он, хотя было ясно, что американец ничего не слышит. — Алан, лей «шило» прямо в рану...

Алан безропотно исполнил просьбу. Спирт смывал сгустки крови, и они, пузырясь, стекали на полынь.

— Где она тут, чмо долбаное! — бормотал Сарматов. — Найду тебя, сучара!.. Сейчас!.. Сейчас!.. Ага-а-а, вот ты где! Терпи, терпи, казаче, президентом станешь! — Лицо Сарматова заливал пот, буграми вздувались вены на шее.

— Алан, лей спирт в дырку! — закричал Сарматов. — Так, так, вылезай, дурища! Еще!.. Еще! Вот и она, долгожданная!..

Увесистый кусок свинца выскользнул из окровавленных рук Сарматова и с глухим стуком упал на землю. Подняв его и взвесив на ладони, Морозов покачал головой:

— Повезло, что из «бура». Из «калаша» ушла бы вбок. Ищи-свищи ее потом!

— Порох давай! — сказал Сарматов Бурлаку.

Порох полыхнул ослепительной вспышкой. Оставшиеся обугленные крупинки Сарматов молча высыпал в рану и прижал их широкими листьями подорожника. Сверху, на марлевый тампон, положил жгут полыни.

— Мужики, наложите повязку сами. А я пойду очухаюсь! — пробормотал Сарматов и, шатаясь, вышел из пещеры.

В раскаленном небе с неприятными резкими криками описывали круги грифы. Ущелье плыло в знойном мареве, лишь заснеженные пики хребта по-прежнему сияли гордой неприступной красотой.

Сарматов сел на корточки возле самого обрыва и посмотрел на горные вершины, пытаясь найти успокоение в их вечной, неизменной красоте. Из пещеры появился Алан. Он подошел к Сарматову и протянул ему кружку, от которой поднимался пар.

— Кофе, командир!.. — пояснил Алан.

— Кофе? — переспросил тот. — Какой кофе?..

— Растворимый... С сахаром... — растерянно посмотрел на командира Алан.

— Пошел ты! — вдруг закричал Сарматов и бросился к краю пропасти. Рвотные судороги сотрясли его тело.

Когда приступ прошел, он вернулся и положил руку на плечо Алана:

— Извини, брат... Душа с привязи сорвалась...

— Понимаю, Сармат! С кем не бывает! — улыбнулся тот.

— Ничего ты не понимаешь!.. Я ему пулю тащу, а сам еле себя сдерживаю... Ткнуть бы, думаю, тебя этим ножом под ребро... За всех наших ребят, тобой угробленных...

— О чем это ты?..

— Никарагуа... Кофейные плантации помнишь?

— Ну-у!.. — Алан по-прежнему ничего не понимал.

— Помнишь, мы все не могли понять, кто нас просвечивает...

— Ну-у?.. Помню...

— Так вот, очухается наш бравый полковник, ты у него спроси!.. Думаю, он много интересного тебе поведать может! Только тихонько спрашивай, чтоб мужики ненароком не услыхали, а то они его на мелкие кусочки разорвут!..

Владивосток,
12 июня 1985 года

Самолет Ту-154 с закрытыми иллюминаторами сделал круг над бухтой и пошел на посадку. Когда он замер на бетонке, в салон, заполненный бойцами Отдельной мотострелковой дивизии особого назначения, вошел высокий костистый генерал-майор в сопровождении свиты. Он еще с трапа рявкнул во все горло:

— Всем оставаться на местах! Переодеться в гражданское, получить оружие!

— Первый раз командира в гражданском вижу! — наклоняясь к Алану, шепотом сказал Бурлак.

Быстро переодевшись в гражданские костюмы и получив новенькие, в заводской смазке, «АК-74», бойцы заняли места в креслах.

— Слушай, вах!.. Почему мы его не женим? — воскликнул Алан, окидывая Сарматова оценивающим взглядом.

— Я ему предлагал, — сказал Силин. — А он — ткачиху не хочу. Казачку, сказал, подавай, чтобы, мол, ихнему роду не было переводу.

— А осетинка ему не подойдет, а? — спросил Алан.

— Чтобы по твоему Дигори сироты бегали? — вопросом на вопрос ответил Сарматов.

Двигатели самолета заревели, набирая обороты. Этот рев заглушил слова Сарматова. Самолет оторвался от бетонки и ушел в сторону ночного океана.

Никарагуа. Матагальпа,
20 июня 1985 года

Дюжие парни держат строй перед сверкающими на солнце оцинкованными ангарами. Среди них нет ни одного, кого бы можно было принять за местного жителя. Сразу видно, что это чужеземцы, которых занесло сюда не случайно. Вдоль строя расхаживает костистый генерал, цепкими глазами впиваясь в лица бойцов.

— Слушать сюда! — зычно кричит он. — Кофе для местных — все равно что картошка для Рязани. Для интернациональной помощи в его уборке сюда прислали студентов из Польши, Болгарии, Румынии и других соцстран. Есть здесь и наши студенты... и студентки. Я не знаю, чем думали там — в Москве, когда их сюда посылали. Но это не наше дело. Наше дело: как зеницу ока охранять их. Смекаете, о чем я?..

— Так точно! — в шестьсот луженых глоток выдыхает строй.

— На вверенных вам объектах на любой шорох в кустах, на любое движение открывать огонь на поражение без предупреждения. Всех посторонних лиц, появляющихся на вверенных вам объектах, немедленно задерживать для опознания. Смекаете, о чем я, архаровцы?..

— Так точно! — опять выдыхает строй.

— Слушать сюда! — рявкает генерал. — Любые контакты со студентами категорически запрещены! Упаси вас господи клинья к студенткам подбивать!.. За это — в Союз, под трибунал! Смекаете, о чем я?..

— Так точно! — уже без прежнего энтузиазма отвечают бойцы.

— Я вам покажу — «так точно», жеребцы стоялые! — машет костистым кулачищем генерал. — Разойдись!.. Капитан Сарматов, для беседы!..

— Капитан Сарматов, для беседы... — рапортует подбежавший Сарматов.

— Не ори, Сармат! — морщится генерал, хватая его под локоть. — Ребятам-демократам районы уборки определили подальше от зон боевых действий, зато нашим — вдоль границы с... с соседним государством. А самый хреновый участок — у тебя.

— Поясните, товарищ генерал.

— Вокруг твоего участка в болотах — индейские поселки. Индейцы формально нейтралитет держат, поэтому сандинисты стараются на яйца им не наступать. Нейтралитет еще тот, но приказано этот фактор учитывать. Смекаешь, о чем я?..

— Так точно!

— Вот-вот!.. Еще супротив твоего участка в соседнем государстве у гусанос — оборудованные базы и лагеря. В их отрядах полно штатников... Цэрэушники, наемники, инструктора, в общем, всякой твари... и не по одной паре!.. Разведка докладывает, что в связи с нашим прибытием у них даже какой-то Джеймс Бонд объявился. Зашифрованный... Стало быть, жизнь у тебя там медом не будет, Сармат! Действовать придется почти автономно. Транспорт — раз в неделю. Туда — харч и боеприпасы, оттуда — мешки с кофе...

— Ясно, товарищ генерал! — отрапортовал Сарматов.

* * *

Неистово палит солнце над красным плоскогорьем, покрытым темнолистыми кофейными деревьями. За плоскогорьем со всех сторон сельва. На севере — широкая река отделяет плоскогорье от соседнего государства.

Студенты и студентки работают вяло. Собранные зерна кофе сушатся на широких брезентовых полотнищах. Под навесом трудятся черные пластиковые мешки с готовым к отправке кофе.

— Девчонки, Скиф нарисовался! — завидев Сарматова, сообщила подругам студентка с копной рыжих волос на голове.

— Не Скиф, а Сармат! — поправила ее другая.

— Прямо Рембо! Класс! — воскликнула рыжая. — От него мужиком пахнет!

— Тащусь! — растянула в гримасе полные губы белокурая студентка. — Рембо по-вологодски!.. От него казармой и тушенкой за километр несет.

Вдруг совсем близко, разрывая тишину, раздалась автоматная очередь.

— Все в укрытие! — Сарматов показал студентам на щель у навеса, а сам бросился в ту сторону, откуда только что прогремела очередь.

Навстречу ему из кустов вышел смущенный боец, держа в руках пеструю окровавленную птицу.

— Вопросов нет, сержант! — выдохнул Сарматов, хватаясь за рацию. — Первый слушает... Прием...

Выслушав сообщение, Сарматов коротко бросил в микрофон:

— Сейчас буду!.. — И побежал к стоящему под навесом джипу. — На третий пикет! — прокричал он разомлевшему от жары бойцу-водителю.

Мелькали кофейные деревья, какие-то убогие строения, покинутая, в псевдоромантическом стиле, гасиенда, от которой дорога уходила в сельву. Скоро ее перегородил шлагбаум; у него стояли двое бойцов с «АК-74». Один из них был Силин.

— Надеюсь, по-русски с ними не разговаривали? — спросил его Сарматов.

— Обижаешь, командир! — ответил тот с улыбкой. — Мы и понять-то не можем, кто это. То ли хиппи, то ли монахи — смех один!..

Под навесом из широченных листьев расположился Бурлак, он держал под прицелом людей с заросшими лицами, одетых в оборванные пропыленные сутаны.

— Как вы оказались здесь, святые отцы? — спросил на ломаном испанском Сарматов.

Высокий патер на таком же ломаном испанском смиренно ответил, теребя висящий на груди католический крест:

— Мы слуги господа бога нашего Иисуса Христа, несем свет его имени заблудшим и погрязшим в скверне греха овцам его.

— Кого вы имеете в виду? — поинтересовался Сарматов.

— Аборигенов-индейцев, живущих в чреве москитных болот, — все так же смиренно сказал священник.

— Гражданами какой страны вы являетесь?

— Ну что ж, брат Игнасио и брат Бартоломео — из Бразилии, — ответил патер, поворачиваясь в сторону молодого миссионера, — брат Сильвио — итальянец.

— А вы, патер, откуда родом?

— Я из Канады, монастырь Святого Луки, провинция Онтарио. Позвольте узнать и ваше имя, сын мой?

— Хосе Алварес, честь имею!.. — щелкнул каблуками Сарматов. — Начальник отряда сандинистской пограничной стражи. И все же назовите ваше мирское имя, патер!

— Брат Патрик, в миру — Френсис Корнел, эсквайр. Вот наши разрешения на миссионерскую деятельность, выданные сандинистскими властями. — Священник протянул бумаги, скрепленные печатями.

Взяв документы, Сарматов отошел к «уазику» и стал внимательно их изучать. Затем он взял рацию и, старясь не шуметь, сказал в нее:

— Родригес, как слышишь?.. Прием...

— Слышу хорошо! Прием, — донесся из рации голос.

— У меня четыре миссионера. Направляются в индейские поселения. Документы в порядке... Прием.

— Команданте Ортега лоялен к церкви, — послышалось из рации. — Мы знаем о них... Они миссионеры, и только... Пропустите!..

— Под твою ответственность, Родригес!.. Прием.

— Согласен, амигос!.. «Патриа о муэрте!»

Скрывая раздражение, Сарматов вернулся к миссионерам.

— Примите мои извинения, святые отцы! — сказал он. — Продолжайте свой путь, но советую вам соблюдать осторожность.

— Да хранит вас бог! — склонился в поклоне патер. — Мы будем молиться за вас.

...Полыхало красное зарево от горящих построек. Автоматные и пулеметные очереди вспарывали тишину тропической ночи. Выли снаряды, летящие из-за реки. Их разрывы ломали и вырывали с корнем горящие кофейные деревья, разносили в щепы хлипкие постройки. Отсветы от пожара плясали в щелях укрытия. С треском обрушилась крыша навеса — языки пламени и снопы искр с гудением устремились к ночному небу. Огонь набрасывался на подготовленные к отправке мешки с кофе. Взвод капитана Морозова бросился к ним, но у него на пути словно из-под земли вырос Сарматов.

— Назад! — скомандовал он. — На фоне огня вы мишени!..

— Добро же горит! — возмутился Морозов. — Труд-то какой!

— Назад, капитан! Все облито бензином! — проорал ему в ответ Сарматов.

Из черноты сельвы слышался треск очередей и россыпью летели трассирующие пули, кромсая мглу увядающей ночи. Под этим шквальным огнем двое бойцов присели на корточки и затаились. Бурлак вскинул РПГ и ударил по сельве, откуда вылетали огненные стрелы. Взрыв выхватил из темноты деревья и переламывающиеся человеческие фигуры.

А в противоположной стороне плоскогорья уже полыхало красное зарево. Сарматов крикнул на ухо Морозову:

— Прикрой студентов со стороны реки. Уложи их в укрытие и проследи, чтобы они не высовывались!.. А мы к Алану на подмогу!..

— Есть, командир! — ответил Морозов и крикнул, обращаясь к бойцам: — Взвод, за мной!

Сарматов с несколькими бойцами бросились к БМП и, лихо развернувшись, помчались в сторону занимающегося зарева и полосующих небо трассирующих очередей.

— Хаутов, Хаутов?.. Прием! — орал в рацию Сарматов.

— Я, командир!.. Прикрой от реки!.. Лезут, как саранча, и каждый окоп пристрелян. Кто-то просвечивает нас, Сармат!.. Просвечивает!.. Прием.

— Да, похоже на то!.. Разберемся!.. Прикрываю правый фланг!.. Работай левый!.. Прием.

— Работаю левый!.. Работаю левый!.. Конец связи!..

— Суки! — крикнул Сарматов припавшему к ДШК Бурлаку. — У них одна группа отвлекает, а две другие бьют наверняка!..

— Это ведь уже вторую неделю продолжается, Сармат! — откликнулся тот. — Прав Алан — сидит какая-то сука где-то в районе индейских поселений и нас просвечивает!

— Так сандинисты там шмонали, ничего не нашли!

— Или не хотели найти! — крикнул Бурлак и снова припал к ДШК.

Огненные стрелы впились в силуэты появившихся сбоку людей. Силин со всего размаху послал в их сторону гранату.

— Заглуши мотор, — попросил водителя Сармат.

В наступившей тишине слышались стоны и ругань на испанском языке. Сарматов спрыгнул с БМП и полез в ту сторону, откуда доносились звуки. Силин и Бурлак следили за ним. Сарматов шарил по земле лучом карманного фонаря. Луч выхватывал скорчившиеся среди деревьев трупы и вдруг чуть поодаль от них уперся в стоящую на коленях фигуру в монашеской сутане.

— Факинг! Рашен факинг! — с ненавистью прохрипел монах, пытаясь перебитыми руками поднять автомат.

Силин ногой отбросил оружие в сторону и направил луч фонарика в лицо монаха.

— Брат Бартоломео!.. Вот ведь, мать твою, слуга божий, с крестом и пулеметом!.. — воскликнул Сарматов.

— Рашен сивиньи! Рашен факинг! Факинг! — захлебываясь кровью, прохрипел тот.

— И брат Сильвио здесь! — хмыкнул Сарматов, направив луч на лежащего навзничь человека. — Давай посмотрим, может, и патер где-то рядом свои богослужения проводит!..

— Осторожнее, командир! — предупредил Силин. — Они здесь успели мин понатыкать!.. Я их утром распатроню...

— Святые отцы еще и минеры по совместительству, — проскрипел зубами Бурлак и грязно выругался. Затем добавил: — А патер, видать, смылся! Ну, попадется он мне! Припомню я ему этот крестный ход!

Втроем они подняли потерявшего сознание монаха и понесли его к БМП.

Сарматов, уложив раненого на броне, взялся за рацию.

— Орхидея?.. Орхидея?.. Я — Снег! Ответь Снегу! Прием!

— Орхидея слушает, Снег! Прием! — донеслось из рации.

— Родригес!.. Родригес!.. Немедленно пошлите в индейские поселения людей и возьмите патера! С ним там еще один — брат Игнасио!.. Прием!..

— Снег, на связи Хорхе!.. Родригес предал революцию и бежал к гусанос. Никакого падре нет у индейцев, мы проверяли. Революция победит! Прием!

— В задницу вашу революцию!.. Можете так и передать вашему команданте Ортеге! Конец связи!.. — проорал Сарматов и выругался так витиевато, что на него даже покосились Бурлак и Силин.

Сарматов оттолкнул рацию и что есть силы ударил кулаком по броне. Никто к нему с расспросами не приставал — и так было видно, что дело — дрянь.

* * *

Утро. Поднимая тучи красной пыли, похожей на молотый кофе, камуфлированный Ми-8 сел на площадку перед дощатым сараем.

— Рота, подъем! — крикнул дневальный спящим в гамаках бойцам.

Из пристройки, одеваясь на бегу, навстречу вышедшему из вертолета костистому генералу вышел Сарматов.

— Товарищ генерал-майор, докладывает капитан... — начал рапортовать он.

— Не ори, Сармат! — остановил его генерал. — Сколько раз за ночь из вас юшку пускали?

— Четыре, товарищ генерал.

— Потери?

— Шесть — «груз двести» и двое — легкораненые.

— А за все время?

— Двадцать один и девять раненых.

— На других точках еще круче! — произнес генерал и спохватился: — Обойдусь без бесед с личным составом... Скажи, чтобы архаровцы спали, а сам ступай в вертушку — там человек по твою душу!

У трапа вертолета стоял одетый в гражданское Савелов. Он протянул Сарматову руку, но тот поднес руку к берету и, не останавливаясь, поднялся в салон. Костистый генерал жестом показал ему место напротив грузного человека в штатском с седыми кустистыми бровями и представил его собеседнику:

— Вот капитан Сарматов — прошу любить и жаловать!

Грузный человек кивнул в сторону иллюминатора и спросил:

— Что вы обо всем этом думаете, капитан?..

— А что мне об этом думать! Это не в моей компетенции. Пусть начальники думают — мое дело воевать! — ответил Сарматов.

— Как разговариваешь с генерал-лейтенантом... нашим коллегой?! — вскинулся костистый генерал.

— Виноват, товарищ генерал-лейтенант! — ответил Сарматов.

— Ничего, у меня на лбу не написано! — добродушно кивнул грузный и показал на кресло. — Откуда они сюда приходят? — спросил он.

— Из-за реки, — ответил Сарматов. — Приходят по нескольку групп. Одна-две отвлекают, три-четыре бьют наверняка. У них каждый наш окоп пристрелян. С точностью до минуты знают о приходе и уходе транспортов с кофе...

— С этим мы разобрались! — перебил его грузный генерал. — Не всем по нутру наше пребывание здесь. ЦРУ на ушах стоит!..

— Как думаешь, капитан, что у них там — за рекой? — спросил костистый генерал.

— За рекой? — Сарматов на мгновение задумался, потом твердо произнес: — За рекой база «зеленых беретов» США, товарищ генерал.

— «Зеленых беретов» — скажешь тоже! — отмахнулся костистый. — Ты бы еще инопланетян приплел!

— Подожди! — Грузный генерал пристально посмотрел на Сарматова и спросил: — На чем основана твоя уверенность, капитан?

— На голых фактах. Мы их тут знаете сколько наморозили, товарищ генерал, — усмехнулся Сарматов. — И что бросилось в глаза?.. Все они почти одного возраста и роста, чистые, ухоженные... Много высоких негров... А их тактика... Я по академии помню тактику «зеленых беретов» во Вьетнаме.

— Это косвенные доказательства! — сказал костистый генерал. — Всего лишь предположения!

— Мы вчетвером на днях заблудились в лесу... в лесу за рекой и наткнулись на «артисток», — продолжил Сарматов.

— Что? — покрываясь пятнами, вскинулся костистый генерал.

— На кого наткнулись? — переспросил грузный.

— На мины итальянского производства! — бросил костистый генерал и схватил Сарматова за плечо: — Погоны тяжелы стали?.. Что, случайно заблудились в соседнем государстве?..

— А в соседнем борделе девки всегда слаще! — усмехнулся Сарматов, пытаясь освободиться от цепкой руки генерала.

— В Союз, архаровец! На тюремную баланду! — заорал тот не разжимая руки. Лицо его в это время напоминало маску разгневанного туземного бога.

— Остынь! — раздраженно бросил грузный и вновь повернулся к Сарматову: — Тут не до шуток. Лучше расскажи мне дальше про «артисток»!..

— Ну, перенесли мы их на другие тропы. Ночью за рекой раз десять громыхнуло, а у нас эта ночь была без погибших, — ответил Сарматов.

— А если бы на весь мир громыхнуло! Ты об этом подумал, твою мать?! — вновь принялся орать костистый генерал. — Твое дело — студентов охранять, а ты?.. Героя из себя корчишь?..

— В том-то и дело, что я студентов охраняю! — крутанув желваками, ответил Сарматов. Грузный генерал повернулся к костистому.

— Громыхнуло!.. А ни журналистского воя, ни нот, ни протестов! — сказал он и поднял вверх палец: — Проглотили!.. Почему?.. Не хотят расшифровывать эту базу?.. Не хотят!..

Костистый пожал плечами.

— Вы — разведка, вам виднее! — ответил он и пошел к выходу из вертолета.

Следом за ним по знаку грузного генерала салон покинул Савелов. Генерал расстелил на столике карту.

— Капитан, нарисуй, где у них что, — буркнул он.

— Вот отсюда река уходит на их территорию, — показал на карте Сарматов. — В двенадцати километрах по ней — казармы на пятьсот человек. В трехстах метрах на берегу — вилла. Это — штаб с оборудованием радиоразведки и космической связи. Четыре километра на север — склады боеприпасов. Добра на складах, похоже, лет на пять хватит.

— Охрана? — спросил генерал, оторвавшись от карты и глядя на Сарматова в упор темными въедливыми глазами.

— Усиленная. Вышки, телекамеры, собаки... Да, забыл — рядом со штабом вертолетная площадка и... бордель, — ответил Сарматов.

Генерал наклонился к нему ближе и произнес:

— Чтобы они вас, как котят, не передушили здесь, моих человек пятьдесят в этот бордель сводишь, а?..

— Нет! — покачал тот головой. — Десять — и моих...

Брови генерала взлетели вверх.

— Но два условия, — сказал Сарматов. — Первое: десять аквалангов, лучше американских, столько же автоматов «узи» с патронами, кило сто пластиковой взрывчатки с радиодетонаторами.

— Второе?.. — спокойно спросил генерал.

— Второе: вы меня не знаете, никогда со мной не разговаривали, ничего мне не приказывали...

Генерал бросил на него быстрый взгляд. Он замолк на некоторое время, видимо, обдумывая все «за» и «против». Потом, словно что-то для себя решив, спросил Сарматова:

— Когда... по первому условию?..

— Если б это сделали еще вчера, сегодня шестеро моих ребят были бы живы!

— Понял... — помрачнел лицом генерал. — Вертолет прилетит завтра на рассвете.

— Разрешите идти?

— Идите! — кивнул генерал и вновь устремил взгляд в иллюминатор.

Никарагуа. Северо-восточная граница,
17 июля 1985 года

Сумерки опустились на сельву и на протоку, выводящую к основному руслу реки. Десять человек в аквалангах и костюмах для подводного плавания, укрываясь за кустами, направлялись по берегу протоки к реке. Внезапно идущий впереди Алан предостерегающе поднял руку, и все бросились на землю.

С протоки донеслись приглушенные голоса и плеск воды. Сарматов осторожно раздвинул ветви куста. Картина, представшая его взору, мягко говоря, его удивила: две нагие студентки сидели по горло в воде, одна стирала, а еще одна, обнаженная, длинноногая, делала на берегу гимнастику. При виде черной фигуры, появившейся из зарослей, «гимнастка» закричала, но Сарматов успел зажать ей рот рукой.

— Завтра вас выпорю за самоволку! — сказал он ей на ухо. — Гусанос вот-вот будут здесь, поняла, Афродита?! Забирай своих подружек и немедленно дуй в лагерь!.. Поняла?

Сарматов отнял руку от лица девушки.

— Поняла, Скиф! — кивнула она.

— Я не Скиф, а Сармат!

— А я не Афродита, а Рита! — сказала «гимнастка» и, спохватившись, прикрыла наготу руками.

На их голоса из-за кустов выглянули остальные студентки.

— Брысь в лагерь, поганки! — крикнул Сарматов.

Подхватив одежду, студентки скрылись в сумерках сельвы.

Обшарив биноклем протоку и противоположный берег реки и не заметив ничего подозрительного, Сарматов махнул рукой. Десять черных фигур бесшумно погрузились в воду.

Резкий порыв ветра пронесся над сельвой, по глади реки пробежала рябь, которая стерла отражающиеся в воде сполохи вечернего неба. На реке расплылись круги от первых капель начинающегося дождя, и вскоре и река, и сельва скрылись за плотной завесой теплого тропического муссонного ливня.

После пронесшегося муссона ночная сельва и река живут загадочной и неведомой жизнью. Слышатся беспокойное бормотанье обезьян, вскрики ночных птиц, всплески воды и непривычные голоса диких зверей. Неожиданно в звуки ночной сельвы вплелась тихая джазовая мелодия. По берегу шли двое людей в камуфляжке с оружием. В руке одного был транзисторный приемник. Подойдя вплотную к берегу, они пристально стали вглядываться в темень над рекой, о чем-то говорили и громко смеялись, не замечая появившихся за их спинами двух черных фигур. Когда их безвольные тела опрокинулись на луговину у кромки воды, Сарматов, вытирая о траву нож, бросил Алану:

— Снимаем с них хламиды и переодеваемся!..

Оглядевшись, он подошел к стоящему в воде дереву и несколько раз ударил по его стволу. На стук, словно привидения, из воды появилось еще несколько масляно-черных фигур.

— Баллоны оставляем здесь. Запомните это место, ориентируйтесь по дереву! — сказал Сарматов. — Силин, где ты?..

— Тут я! — откликнулся тот, вытаскивая из воды на пару с Бурлаком тяжеленные рюкзаки.

— Переодевайся и обнюхай дорогу, как бы на мины не напороться! — приказал Сарматов и повернулся к обступившим его черным фигурам: — Все запомнили — обратно выбираемся, не дожидаясь друг друга! В случае большой дырки — пуля в рот!.. Ясно?..

— Ясно, командир! — ответили бойцы.

Через прибор ночного видения как на ладони проглядывалась вилла, стоящая на пригорке. Окна были закрыты жалюзи. Рядом стоял покрытый маскировочной сеткой вагончик, над которым возвышался лес антенн. Вилла со всех сторон была обнесена деревянным забором, затянутым поверху скрученной колючей проволокой. Над забором возносились к небу опоры с укрепленными над ними телекамерами. Рядом, за забором хорошо просматривалась разлинованная вертолетная площадка с дремлющим на шасси-салазках вертолетом. На фюзеляже вертолета красовалась звезда американских ВС.

— Точно, я же говорил — командос! — шепнул Сарматов лежащему рядом Алану, переодетому в униформу «зеленого берета». — Часовой у шлагбаума твой!..

Алан посмотрел в бинокль, останавливая свой взгляд на будке КПП и часовом-негре у выкрашенного фосфоресцирующей краской шлагбаума. Алан передал бинокль Сарматову и откатился в темноту. Его место занял Силин, одетый, как и Алан, в пятнистую униформу.

— Готов, командир! — прошептал он. — Можно начинать!..

— Взрыватели не отсырели? — спросил Сарматов.

— Нормалек!..

— Тогда давай!..

Силин подполз к забору и достал титановую, в насечках струну. Охватив ею три доски, он легко перепилил их. Черные фигуры одна за другой скрылись в образовавшемся проеме.

Здоровенный «берет» шатающейся походкой подошел к шлагбауму. Не дойдя несколько шагов до часового, он склонился над кустом и зашелся в рвоте. Сзади к нему подошел часовой и, хлопнув по широкой спине, спросил:

— С тобой все в порядке, парень?

— Йес! — прохрипел тот и тут же повис на часовом.

Нож вошел часовому под лопатку, и Алан, подхватив «М-16», затащил убитого за куст, после чего занял его место у шлагбаума.

Через минуту две черные фигуры появились на затемненной веранде виллы и, оставив рюкзак у стены под скамейкой, скрылись в темноте. Не успел Алан привыкнуть к новой роли, как белый джип «Чероки» с ярко горящими фарами подкатил к шлагбауму. Заглянув в его салон, Алан махнул рукой, и джип въехал на территорию виллы. Из него доносились веселые крики, и Алан засмеялся в ответ.

Сквозь щели в жалюзи Сарматов пытался рассмотреть, что делается внутри виллы. Но ему помешал свет фар приближающегося автомобиля. Сарматов бросился в кусты, за которыми затаился Бурлак. Из виллы вышли двое и направились к подъехавшему джипу. Одного из них Сарматов сразу узнал — это был патер, одетый на этот раз в элегантный белый костюм.

— Сука-а! — вскипел Бурлак и занес для броска руку с ножом.

Сарматов едва успел перехватить ее и показал Бурлаку кулак. Патер бросил в кусты недокуренную сигарету, которая упала прямо перед капитаном, и сел в машину. Сарматов замер.

Джип быстро развернулся и, оставляя за собой шлейф густой пыли, юрко проскочил под шлагбаумом, услужливо поднятым Аланом.

Силин тем временем не спеша и уверенно занимался своей работой. Он деловито пристраивал пакет с пластиковой взрывчаткой под основание стены вагончика, над которым уходил ввысь лес антенн всех видов: от тарелок до полусферического крутящегося шара. Пока Силин устанавливал радиодетонаторы, Сарматов осторожно заглядывал в окно вагончика. В помещении был виден огромный экран локатора. Под ним сидели человек семь — все они вглядывались в экраны компьютеров и других приборов непонятного для незнающего человека назначения. К Сарматову незаметно подполз Силин.

— Нормалек, командир! — шепнул он. — Линяем!

Когда Сарматов, Бурлак и Силин стали отходить к забору, неожиданно из кустов показались две черные фигуры.

— Командир, за антеннами в лесу — емкости с горючкой! — шепнул один из подошедших.

— Ты кто?.. — не поняв в темноте, кто перед ним, спросил Сарматов.

— Шальнов я!

— Часовые у емкостей есть?..

— Были, да только мы с капитаном Морозовым их заморозили... — ответил Шальнов.

— Сашка, громыхалка осталась? — поинтересовался у него Сарматов.

— Нормалек! — ответил тот.

— Тогда вперед, архаровцы! Устроим им геенну огненную! — бросил Сарматов. — Где эти стратегические запасы? Показывай дорогу, Шальнов.

Очень скоро они оказались у цели. С завидной сноровкой группа в мгновение ока крепким жгутом буквально припечатала пакет с пластиковой взрывчаткой к серебристому боку многотонной емкости, на которой желтым могильным светом светилась фосфоресцирующая надпись: «ПЕТРОЛ».

— Командир, здесь под уклон, — удовлетворенно шепнул Силин. — Как рванет, так горящий бензин до казарм достанет! Настоящий ад будет!..

Вскоре все приготовления были закончены, и группа возвратилась к забору. Здесь их уже ожидали остальные.

— Все в сборе, мужики? — спросил Сарматов.

— Хаутов, верста осетинская, все еще торчит у шлагбаума! — озабоченно шепнул Бурлак. — Бензин рванет — его накроет! Сашка, дай-ка одежку, схожу за ним, — попросил он Силина.

Тот быстро снял с себя униформу «зеленого берета».

Переодетый Бурлак подошел к шлагбауму и остановился рядом с Аланом. По всему было видно, что возвращаться они не торопятся.

— И этот заторчал! — глядя в бинокль, раздраженно шепнул Сарматов. — Что они там делают — не пойму! — Он снова приник к окулярам бинокля. — А-а, ясно!.. — вырвалось у Сарматова, когда он заметил выезжающие из-за угла три тяжелых армейских грузовика, битком набитых «беретами».

Когда грузовики проезжали мимо шлагбаума, Алан и Бурлак козыряли им, как заправские американские командос.

— К нам направляются, волки позорные! — в бессильной ярости шепнул Сарматов. — Лбов сто. Устроят на плантациях «варфоломеевскую ночь»!

— Не устроят! — ухмыльнулся Силин. — Я им «артисток» на дорогу подкинул!..

Тяжело переваливаясь на ухабах, грузовики скрылись в черной сельве.

Вскоре из темноты ночи возникли, как привидения, Бурлак и Алан и опустились рядом с Сарматовым.

— Начинай громыхать, Громыхала!.. — прошептал капитан. — Хотя стой! — вдруг резко остановил он Силина и стал вслушиваться в рокот двигателей удаляющихся грузовиков, в который монотонно вплетался нарастающий гул, идущий откуда-то с неба. Из-за деревьев выплыл тяжелый транспортный вертолет с включенными прожекторами. Их ослепительно яркий свет в одно мгновение осветил всю взлетно-посадочную площадку. Зависнув над таким же стоящим на земле вертолетом, он перекрутился и уверенно сел рядом с ним.

Из приземлившейся вертушки выпрыгнули двое пилотов и не спеша пошли к вилле. В освещенной кабине хорошо была видна голова третьего пилота, склонившегося над приборной панелью. От его манипуляций лопасти вертолета то опадали, то начинали крутиться с бешеной скоростью, приминая кустарник вокруг площадки.

– Движок гоняет! – прокомментировал Силин, наклоняясь к уху Сарматова. – Может, командир, и вертушки рванем? У меня громыхалки немного осталось!..

Сарматов на секунду задумался, потом резко скомандовал:

– Сашка, за мной!.. Шальнов, с нами!..

Втроем они нырнули в прореху в заборе и поползли между кустами к ревущему вертолету.

Пилот, оглянувшись на шорох и увидев за спиной три черные фигуры, схватился за пистолет, но нож, брошенный Силиным, заставил его выпустить оружие из рук. Сарматов стянул тело пилота с сиденья и прислонил его к двум лежащим у борта парашютам. Силин тем временем протиснулся внутрь вертолета.

— Командир, вертушка набита минами! — закричал он. — Их тут тонны!..

Сарматов посмотрел на приборную панель и перевел взгляд на парашюты.

— Сашка, сюда хоть бы одну со взрывателем!.. — крикнул он, приняв какое-то решение.

— Есть целых три! — ответил тот и достал из рюкзака три «артистки».

— Наживи взрыватели, быстро!

Силин мгновенно вкрутил взрыватели и крикнул:

— Готово!

— Сашка, как пролечу виллу, громыхай по полной программе, понял?!

— Понял! А ты как же?

— Скажи всем, чтобы уходили, и взрывай! — крикнул Сарматов, надевая парашют.

— Есть! — ответил Силин и скрылся в чреве вертолета.

Вскоре он появился снова.

— Все готово, командир!

— Уходи! — приказал ему Сарматов.

Силин нырнул в кусты. Сарматов оглянулся, чтобы убедиться, что он исчез, и увидел Шальнова, защелкивающего на груди лямки парашюта.

— Уходи, мать твою! — крикнул он.

— Я с тобой, для подстраховки! — проорал тот в ответ и, хлопнув дверью, сел под нее.

— Мудак! — со злостью бросил Сарматов и щелкнул тумблерами на панели. Лопасти начали вращаться с бешеной скоростью, и вертолет взмыл в черноту неба.

Ушли под его фюзеляж крыши казарм, плац, и вплотную надвинулась тревожная стена ночных джунглей. Внезапно по бокам вертолета прокатилась мощная взрывная волна; джунгли осветились красными сполохами. Вслед за первым взрывом последовал второй, еще более сильный.

— Сашка Громыхала сработал без лажи! — выглянув в открытый дверной проем, прохрипел, наклоняясь к Сарматову, Шальнов. — От их штаба и локационной станции остались одни воспоминания!..

Снова заглянув за борт, он еще более радостно сообщил:

— Началось второе действие — рвутся резервуары с горючкой. Огонь идет прямо на казармы.

Языки пламени от горящих резервуаров поднялись к низким, набухшим дождем облакам и еще сильнее высветили джунгли. Скоро за ними начала просматриваться цепочка огней, охватывающая по периметру длинные сигарообразные ангары. Сарматов направил вертолет прямо на них. И вдруг откуда-то из-за ангаров ударили по вертолету два острых прожекторных луча, и, когда Сарматову удалось вырваться из зоны их действия, ангары были уже позади.

— Мать их! Ослепили, суки! — крикнул он и свободной рукой притянул к себе Шальнова. — Прыгай, я на второй заход пойду!

Толкнув Шальнова к двери, Сарматов заложил крутой вираж, и ему сразу открылась страшная, но в то же время завораживающая картина вставшего над джунглями зарева. Оно зловеще высвечивало облака, мигающими сполохами заполняло кабину и салон вертолета. Сарматову хорошо было видно, как горели казармы, машины, плац, по которому метались зажатые со всех сторон огнем маленькие человеческие фигурки.

Сполохи зарева уходили под фюзеляж, а из мрака снова прорезалась цепочка огней вокруг ангаров. По облакам с обоих бортов начали гулять голубые лучи прожекторов.

— Сейчас ослепят! — прокричал Сарматов и толкнул Шальнова к дверному проему. — Прыгай! Приказываю, прыгай! А не то я тебя сам отсюда вышибу!

— Эх, не ходите, дети, в Африку гулять! — завопил Шальнов и боком вывалился в проем. Сарматов отжал рычаг управления и направил вертолет вниз, на ангары. И когда они появились в перекрестье прицела, сжав губы, нажал кнопку на панели. Из-под фюзеляжа в сторону ангаров тут же ушли огненные шлейфы ракет. Отжав рычаг еще сильнее, Сарматов бросился в проем люка.

Огненные шлейфы впились в ангары, разметав их металлические конструкции. А следом за ними на один из ангаров обрушился и сам вертолет. К облакам поднялся похожий на атомный гриб столб огня. Не успел он опасть, как небо и джунгли будто раскололись от взрывов сдетонировавших мин и снарядов.

Вспышки взрывов выхватили из мрака планирующий на крону дерева купол парашюта. Сарматов, повиснув на перехлестнувшихся стропах, тщетно пытался дотянуться до ветвей. Руки лишь ловили воздух. Выхода не было — пришлось перерезать стропы. Треск обламываемых веток, удар о что-то твердое — и острая боль пронизала все его тело. А дальше перед глазами поплыл туман, и мозг послушно выключил сознание, чтобы дать человеку хотя бы несколько минут покоя...

* * *

По бездонному голубому небу плывут белоснежные облака, похожие на сказочные белопарусные фрегаты. Там, высоко в небе, выписывает круги могучий орел. Каменными бесстрастными глазницами смотрит с древнего погребального кургана на вечно неспокойный мир покосившаяся скифская баба. Над заросшим травой старым степным шляхом стелется в бешеном намете темно-гедой аргамак с восторженно орущим пацаненком, вцепившимся в густую развевающуюся гриву. Пластается аргамак над цветастой донской степью, и летит под его копыта буйное разнотравье, высекает слезы из глаз пацаненка настоянный на горькой емшан-траве хмельной вольный ветер...

* * *

...В сознание Сарматова вернул обрушившийся на джунгли тропический ливень с грохочущим громом и ослепительно яркими молниями. Казалось, что небо вот-вот расколется и рухнет на землю.

Сарматов огляделся вокруг: справа от него было болото с торчащими корягами, какими-то растениями с непомерно огромными листьями, впереди стояла стена зарослей. Когда глаза привыкли к темноте, Сарматов уловил там какое-то движение. Скоро сквозь завесу дождя пробились шарящие лучи света, за которыми угадывались фигуры вооруженных людей. Сарматов отполз за куст и, достав одной рукой гранату, выдернул зубами чеку. Вторая его рука повисла плетью.

Лучи света шарили по болоту. До Сарматова долетали слова команд на английском языке и лай собак. Основная группа людей прошла по берегу и скрылась за пеленой дождя, но двое в черных блестящих под дождем плащах остановились под деревом, в трех метрах от куста, за которым затаился Сарматов. Закурив, они негромко начали переговариваться:

— Сто тысяч чертей, если бы я сам не видел мертвого Че Гевару, то подумал бы, что это его рук дело!..

— Может, его призрак, лейтенант?..

— Брось, Чарли, призраки водятся лишь в Голливуде! Держу пари — «варфоломеевскую ночь» нам устроили русские. Я их работу помню по Вьетконгу... Появляются, как привидения, и так же исчезают...

Чарли — невысокий коренастый негр — включил фонарь. Пошарив лучом по болоту, он перевел его на крону дерева и вскрикнул:

— Лейтенант, здесь парашют!..

Однако тот ничего не успел ответить. Раздался хлопок, и лейтенант, хватаясь за грудь, завалился набок, подминая под себя кусты. Негр несколько секунд остолбенело смотрел на него, потом, не разбирая дороги, с воплем бросился в чащу. Но далеко уйти ему не удалось. На его плечи прыгнул человек в черном. Вспышка молнии высветила занесенный над негром нож. Черная фигура, тяжело дыша, приблизилась к дереву и начала шарить лучом фонаря по кустам.

— Андрюха, помоги мне выбраться отсюда! — раздался из кустов голос Сарматова. — Осторожно, у меня в руках граната без чеки!..

— Понял! Я видел, куда ты падаешь, и пошел навстречу, — возбужденно пояснил Шальнов. — Одному-то ночью по джунглям страшно! Крокодилы, гориллы всякие...

— Этих ты тоже со страху замочил? — кивнул Сарматов в сторону распростертых на земле тел.

— Ага-а! — подтвердил Шальнов, но по его голосу что-то не очень было заметно, что он дрожит со страху.

— В их одежде прорваться шансов больше...

— Согласен, командир. Но сначала надо вот от этого фрукта избавиться, — кивнул Шальнов на зажатую в руке Сарматова лимонку.

И когда очередная молния разрывала небо над болотом, Сарматов швырнул гранату под прибрежную корягу. Гул взрыва слился с грохочущими раскатами грома.

* * *

Ливень закончился так же неожиданно, как и начался. А Сарматов и Шальнов все тащились по предрассветным джунглям.

— Угораздило, мать твою! — скрипнул зубами Сарматов. — Теперь с переломом ключицы недели три валяться придется.

— Откуда ты, командир, знаешь, что у тебя перелом ключицы? — удивился Шальнов. — Рентгеновской установки здесь вроде бы нет...

— Я, знаешь ли, врачом мечтал быть, а пришлось вот наоборот...

— Ничего, командир, до свадьбы заживет!

— Тихо, Шальнов! Ни звука! — шепнул Сарматов и насторожился.

Осторожно шагая, на тропе появились человек десять — в закамуфлированных касках, с винтовками «М-16» на изготовку.

Молодой длиннолицый офицер оглядел приближающихся и с сочувствием спросил:

— Есть проблемы, парни?

— Все в порядке, сэр! — ответил Сарматов. — В темноте напоролся на что-то. Во Вьетнаме бывали передряги и посерьезнее...

— Сэр, у нас есть джип, но дороги так развезло...

— Так дотопаем. Не найдется ли у вас глотка виски?

Один из «беретов» с готовностью протянул флягу и, подмигнув Сарматову, сказал:

— Я воевал под Луан-Прабангом, но эти салаги нас не поймут...

— Ну и пошли они в задницу!.. — усмехнулся Сарматов.

Сделав большой глоток, он вернул флягу «берету». Тот сунул ему ее в карман и, улыбаясь, сказал:

— Она тебе сейчас нужнее, парень!

— Ладно, сочтемся! — кивнул Сарматов, и они с Шальновым уверенной походкой прошли мимо расступившихся командос.

Длиннолицый офицер крикнул им вслед:

— Держитесь ближе к реке, чтоб не напороться на мины!

— О'кей! — ответил Сарматов.

Только когда за деревьями высветилась матовая поверхность реки, Шальнов разжал стиснутые зубы и с шумом выдохнул:

— Ну, я скажу, нервы у тебя, командир!.. Неужели ты ничего не боишься?

— Боюсь... мышей. Как увижу — в обморок падаю.

— Мышей?.. — искренне удивился Шальное.

— Ну да, мышей. Вот слоны, к примеру, тоже больше всего мышей боятся, — как ни в чем не бывало продолжал Сарматов.

— Слоны? — переспросил вконец сбитый с толку Шальнов.

— Есть такая восточная сказка, лейтенант... По джунглям шел большой веселый слон. С дерева прыгнула мышка и юркнула ему в ухо. Из уха мышка перебралась в мозг слона...

— И что? — в голосе Шальнова прозвучал интерес.

— А то, что слон продолжал весело трубить на все джунгли, не подозревая, что хозяйничающая в его мозгу мышка ведет его к пропасти...

— Он разбился?

— Разбился... Но с ним разбилась и мышка...

— Не пойму я что-то этого прикола! — пожал плечами Шальнов.

— Подрастешь — поймешь! — вздохнул Сарматов и показал рукой на заросшую протоку. — Ну, вот вроде бы мы и на месте...

Осмотревшись, Сарматов и Шальнов осторожно подошли к берегу протоки, но не успели они сделать и нескольких шагов, как кто-то обрушился на них сзади.

Уклоняясь от занесенного ножа, Сарматов узнал в нападавшем Бурлака:

— Иван, ты что, сдурел, твою мать?! — прохрипел капитан.

Отпрянувший Ваня Бурлак ошалело захлопал глазами и, оправдываясь, сказал:

— Е-е-е!.. А мы вас за «беретов» приняли!.. Да ты, никак, ранен, командир?!

— После такой встречи заикой станешь! — пошутил Сарматов и повернулся к счастливо улыбающимся Бурлаку, Алану и Силину: — Почему по темноте не ушли?.. Вам что, приказ не указ?!

— А как бы мы ордена носили? — продолжая улыбаться, ответил Силин.

— Остальные, наверное, уже дома. Без потерь, командир! — добавил Алан и поднес к губам Сарматова термос. — Глотни кофе — полегчает!

Лицо Сарматова исказилось судорогой, оттолкнув здоровой рукой термос с кофе, он шепнул непослушными, жестяными губами:

— Цветов и орденов не будет, мужики! Забудьте навсегда это дело! Навсегда!

Что-то тяжелое и липкое снова опустилось на Сарматова, и, теряя сознание, он прошептал:

— Этот кофе — на крови!.. На крови!..

— К нам гости — «береты»! — выглянув из кустов, сообщил Шальнов. — Топчутся метрах в ста от нас — берег осматривают.

— Надо рвать когти, — спокойно сказал Алан, натянул на безвольное тело Сарматова акваланг, надел кислородные баллоны, маску и спокойно отдал команду:

— Мы с Бурлаком буксируем командира, остальные на подстраховке.

Трехметровый кайман при виде появившихся из кустов черных фигур повернул к берегу и скрылся в траве. Одна из них вышла на середину протоки и, осмотревшись по сторонам, махнула рукой. Скоро над всеми аквалангистами сомкнулась мутная после дождя вода протоки.

Кайман, услышав приближающиеся человеческие шаги, бросился из травы в воду и поплыл к противоположному берегу. Вслед ему прогремела очередь и раздался смех.

Восточный Афганистан,
27 мая 1988 года

Поднявшееся в зенит яркое солнце съело остатки утреннего тумана и выбелило окружающий ландшафт. С площадки перед пещерой открылся вид на гряду крутых, будто окрашенных охрой склонов, образующих ущелье. По дну его серой лентой вилась довольно широкая река. За охристыми хребтами, на севере, дробились в мареве заснеженные пики каменных исполинов.

— Что там, за снежниками? — указал в их сторону Алан, присаживаясь рядом с Сарматовым на выступ в скале.

— Там аксакалы в чайханах пьют кок-чай, юные пионеры на хлопковых полях помогают взрослым выполнять социалистические обязательства, потому что взрослые торгуют на базаре, — ответил Сарматов. — И еще там никто ни в кого не стреляет, так как молодцы-погранцы держат границу на здоровенном амбарном замке.

— Вот бы хоть бы день так пожить бы! — вздохнул Алан.

— Ну, это уж как получится! — кивнул Сарматов и повернулся к подошедшему Савелову, сжимающему в руке рацию.

— Хаутов, я тут к частотке подстроился, послушай, — обратился Савелов к Алану.

Алан вслушался в гортанную отрывистую скороговорку, несущуюся из рации, и пояснил:

— А-а, это треп полевых командиров!.. Один из них — узбек Рахман, другой — таджик Абдулло. Рахман сказал, что караван с оружием из Пешавара потерял в пути половину верблюдов. Он просит Абдулло половину оружия, которое было на этих верблюдах, вернуть ему... Абдулло уверяет, что он караван не грабил, так как может купить у шурави по дешевке даже танк...

— Не соврал, сволочь! — заметил Силин, стоящий на посту у входа в пещеру. — Я своими глазами видел, как два наших толстопузых «полкана» в Кандагаре хозяину чайханы ящики с новенькими «калашами» за баксы толкали. Вот Хекматиар интервью по «голосам» дал. Он сказал, что знает про все советские перемещения за двадцать часов, вот почему ему ничего сделать не могут. Ни ему, ни Ахмад Шаху... Я, признаться, раньше в это не верил, а теперь верю, и еще как верю! Почти уверен, что нас точно так же какая-нибудь сволочь пузатая просвечивает...

– Слушай, сто раз ты уже про этих «полканов» рассказывал! – прикрикнул на Силина Алан и предостерегающе поднял руку. – Постойте! Тихо! Рахман сказал, что шайтан-бала сняли мины на русской буровой. Их следы ведут в зону, контролируемую Абдулло. Рахман предлагает совместными усилиями выследить и захватить шайтан-бала, а назначенный за них бакшиш поделить пополам.

– Ну, а Абдулло что? Согласен? – спросил Сарматов.

– Сказал, что русских и американца захватит сам и сам отвезет в Пешавар головы русских, а делиться бакшишем ни с кем не собирается.

– А Рахман на это как реагировал?.. – продолжал интересоваться майор.

– Грозит настучать Хекматиару о разграбленном Абдулло караване с оружием.

В ответ из рации понеслись выкрики взбешенного Абдулло вперемешку с чистейшим русским матом.

– Ну, здесь перевода не требуется! – усмехнулся Сарматов и обратился к Савелову: – Откуда кукушки кукуют?

– Рахман, скорее всего, из района буровой вышки, а Абдулло где-то совсем рядом бродит, километрах в трех-четырех...

— А у Абдулло акцент не афганский, — заметил Алан. — На таком фарси говорят в Душанбе.

— Ты уверен? — внимательно посмотрел на него Сарматов.

— Обижаешь, командир!..

— Ну, тогда это действительно он! — задумчиво, как бы размышляя вслух, сказал майор.

— Кто «он»? — в один голос спросили Алан и Савелов.

— Бывший майор советской милиции Абдулло Курбанов, — ответил Сарматов. — Этот мент, выходец из Куляба, в семидесятых сколотил в Таджикистане хорошо законспирированную бандитскую группировку. Грабежи, убийства, наркотики, сомнительные услуги партхозбоссам республики. Его подвиги всплыли при расследовании «хлопкового дела», и мы сели ему на хвост... Но кто-то его предупредил, и вся банда ушла в Афганистан...

— Я читал оперативку, — вставил Савелов. — При прорыве через границу банда ухлопала девять пограничников.

Сарматов кивнул в знак согласия и продолжил:

— Сейчас Абдулло один из самых непримиримых и влиятельных полевых командиров. Отличается садистской жестокостью и патологической жадностью. Знает местные нравы и язык, легко входит в контакт с нашим изначально воровским интендантским племенем и за доллары получает все — от гранатометов до гаубиц, которые втридорога перепродает другим бандам. Но основной бакшиш — наркотики. Пользуясь старыми связями, переправляет «дурь» на нашу сторону, а там бог знает куда!..

— Раз Абдулло нас обнаружил, почему бы нам не взять его за яйца? — спросил Бурлак.

— Посмотрим! — произнес Сарматов. — Торопиться нам, пока полковник не очухался, некуда. А Абдулло?.. Он будет кругами ходить, рыскать вокруг миллиона баксов и на свою территорию никого близко не подпустит. Алан, передай мужикам: костер не жечь, вход замаскировать, разговаривать вполголоса — в ущелье каждый чих на десять верст слышен.

Алан повернулся и ушел в пещеру.

— Я тоже занимался Средней Азией, — сказал Савелов. — В отчете наверх тогда указал, что теневая экономика здесь срослась с партийными ханами и беками и что «хлопковое дело» смертельно напугало их и они будут искать способы избавления от тяжкой московской десницы...

— И что?.. — устало спросил Сарматов.

— Сначала делу дали ход, а когда увидели масштабы коррупции и поняли, какой моральный ущерб несет партия, дядечки из «членовозов» испугались. Однако они не учли, что очень скоро таких, как Абдулло, их новые хозяева пошлют поднимать зеленое знамя ислама.

— Пакистанцы?..

— В первую очередь штатники.

— Им-то что до ислама?

— Да не ислам им нужен. Из-за среднеазиатской нефти, газа, урана они, если надо будет, язычество поднимать начнут!.. Именно они разыгрывают эту карту...

— Не дураки! — кивнул Сарматов. — По китайскому принципу: «выигрывает тот, кто сидит на горе и смотрит на дерущихся в долине тигров». А тут еще Брежнев, Андропов с Устиновым начали войну в Афганистане и тем самым подыграли им с листа...

— Ты их не трогай, — вдруг взорвался Савелов. — Они ведь верили в то, что делают. Не думай, что такие уж они мудаки.

— А я ни о чем не думаю! — вскинулся Сарматов. — Мне приказали пахать войну — я и пашу ее согласно понятиям чести и присяги!

— Человек войны! — задумчиво произнес Савелов и посмотрел на него. — Завидую я тебе, Сармат! Ты действительно на войне, как рыба в воде. А я?.. На маневрах, на разборках в штабах она выглядит такой красивой, а вот так — мордой в морду...

— От крови, пота и блевотины с души воротить стало, ваше благородие?.. — зло спросил Сарматов.

— Воротит, — согласился Савелов. — Но не в этом дело... А в чем, я, наверное, толком объяснить не смогу.

— Чего объяснять? — усмехнулся Сарматов. — Просто не в тот ты поезд сел, капитан...

— Возможно! — кивнул Савелов. — А возможно, что я просто заблудившийся человек и мне безразлично, куда и зачем я еду. С профессорскими сынками такое случается... Понимаешь, в силу, как ты называешь, родственных связей я вижу, как у нас наверху все насквозь прогнило, все смердит... Как перед концом света... Все пытаются нахапать, нажраться впрок... В это время необходимо иметь какую-то точку опоры, а руки ловят лишь пустоту... А во что превратилась наша служба?.. Побывай в любом строевом полку, дивизии — сколько пьяни или просто ворья, деревенщины без чести и совести. И может быть, хорошо, что Афган засветил, что такое наша армия!.. Ты говоришь, что войну пашешь, а «полканы» и «лампасники» тем временем дачи себе строят, квартиры делят... Сам же знаешь, как комбаты с восемнадцатилетними салагами из боев не вылезают, а тыловики загоняют «духам» все — от солдатских носков до ракет «земля — воздух»!

— Ты кончай меня лечить! — резко отстранился Сарматов. — Деревенщина. Вахлаки офицеры... Это зависит от точки зрения. Двое смотрят в лужу. Один видит грязную лужу, а другой — звездное небо в ней.

— Верно, но лужу можно потрогать, а звездное небо нет... Впрочем, возможно, виной всему мои комплексы...

— И давно они у тебя появились? — В голосе Сарматова послышалась нескрываемая ирония.

— С того времени, как застрелил того зэка, помнишь? — ответил Савелов, не обратив внимания на издевательский тон. — Тогда будто кто-то другой, а не я на гашетку нажал... Он упал и уплыл на льдине, как черный крест, помнишь?

— Крест! — кивнул Сарматов. — Может, капитан, чтобы снять его с себя, ты и пошел с нами?..

— Если сказать откровенно, то да! И это тоже. Но не только... Есть здесь еще одна причина — личная...

— Ну, весь интим можешь оставить при себе! — саркастически заметил Сарматов.

— Игорь, мы в капкане, а в гости к богу легче голым. Хочу, чтобы между нами ничего не стояло, — потупив глаза, сказал Савелов.

— А разве между нами еще что-то стоит? — обронил Сарматов.

— Стоит. Женщина... Моя жена, — не поднимая глаз, отчеканивая каждое слово, сказал Савелов.

— Не понял?

— Что же здесь понимать?.. Я люблю свою жену, а она... она любит майора Сарматова, — сказал Савелов. Повисла гнетущая тишина. Через некоторое время Савелов добавил, тяжело вздохнув: — Вот теперь я голый перед тобой и богом.

— Что ты несешь, какая жена? — растерянно воскликнул Сарматов.

— Рита-Афродита... Никарагуа... Жаркое лето восемьдесят пятого... Кофе и любовь — на крови...

— Но... но... — Сарматов отвел глаза и сдавленно пробормотал: — Я ее больше никогда не видел.

— Какое это теперь имеет значение?.. Завтра, послезавтра на вон тот, ближний к нам, склон, как горох, посыплются «духи»... И можешь быть уверен — офицерской чести я не испоганю.

— Ты что, белены объелся? Совсем рехнулся! Еще не вечер, Вадим!..

— Да ты не волнуйся, майор! Оно, может, так и лучше будет! — глядя на далекие снежные пики, сказал Савелов и, улыбнувшись одними глазами, побрел к пещере.

Сарматов откинулся назад и уперся затылком в скалу. Он смотрел в белесое раскаленное небо, по которому чертили круги похожие на черные кресты большие хищные птицы. А память услужливо рисовала перед ним совсем другую картину...

Никарагуа,
25 августа 1985 года

Широкие лопасти вентилятора гнали в лицо лежащего на топчане Сарматова горячий воздух. В комнату, откинув противомоскитную сетку, проскользнула высокая молодая женщина в белом халате, выгодно подчеркивающем ладную, стройную фигуру.

— Доброе утро! — сказала она и улыбнулась полными чувственными губами.

— Где это я? — спросил Сарматов, оглядывая убогую комнату.

— Все там же, майор... В Никарагуа, — проверяя у него пульс, ответила женщина. — Студентов вчера отправили на Кубу, а твоих завтра...

— Какое сегодня число?.. — заподозрив неладное, спросил Сарматов.

— Двадцать пятое. Ты был без сознания неделю. Шансов, признаться, у тебя было не слишком много. Когда тебя приволокли, акваланг был полон крови. Просто повезло, что осколок не задел артерию!..

— У меня что же, не перелом ключицы?

Она достала из нагрудного кармана халата кусочек оплавленного металла и, показав его, снова спрятала в карман.

— Вряд ли это похоже на перелом... — заметила она. — Хорошо еще, что у меня оказалась та же, что и у тебя, группа крови.

— Вы мне дали свою кровь? — отчего-то покрываясь краской, спросил Сарматов.

— Учти, она у меня бешеная! — засмеялась молодая женщина.

— Может, скажете хоть, как вас зовут?

— Афродита-Рита. Ты еще обещал меня выпороть, помнишь?! — Откинув с лица белокурые волосы, она шепотом спросила: — Это вы в ту ночь у них погром за рекой устроили, да?

— У кого, у них? — с деланым видом переспросил Сарматов.

— Ну, на том берегу. Пожар был до небес, и громыхало так, что в нашей общаге стекла чуть не повылетали!

— Не-е, мы тут ни при чем. Мы тогда на кайманов охотились.

— Зачем вам кайманы? — недоверчиво улыбнулась она.

— Для зоопарка. Попросили...

— Скиф, ты не умеешь врать!

— Я не Скиф, я Сармат, — как и в первый раз, поправил ее майор.

— Это на самом деле не так уж и важно... Но мне кажется, что в слове «скиф» есть что-то дикое... — задумчиво сказала она.

— Ага, и волосатое...

Рита заразительно засмеялась.

— Почему вы не улетели со всеми на Кубу? — спросил Сармат.

— Тебе может снова понадобиться моя кровь, — ответила она и, набрав из ампулы в шприц жидкость, скомандовала: — Ваше мягкое место, сударь!

— Я это... Позовите военврача!.. — снова краснея, попросил Сарматов.

— Военврач и санитар погибли три дня назад, а я все же как-никак учусь в медицинском.

— Что, был налет?..

— Да, — кивнула Рита. — Эти гады лезли, как из-под земли. Какие-то озверевшие... Твоими командовал грузин.

— Осетин. Сколько погибших?

— Трое и семь раненых. Их отправили в Союз, а тебя переводят в Манагуа. Я буду тебя сопровождать, — сообщила она и решительно откинула простыню.

Появившиеся в дверном проеме Алан, Бурлак и Силин тут же закрыли дверь с другой стороны, откуда до слуха Сарматова донеслись их приглушенные голоса, а затем громкий смех.

Сделав укол, Рита осторожно провела дрожащими пальцами по его груди и почему-то севшим голосом спросила:

— В бреду ты звал какую-то Чертушку — она кто тебе?

— Чертушка — это любимый конь из моего детства, — усмехнувшись, ответил Сарматов.

— А-а, лошадь! — Из груди ее вырвался вздох облегчения.

— Не лошадь, а конь! — поправил Сарматов.

— Какая разница? Чем отличается лошадь от коня? — спросила Рита, сразу как-то повеселев.

— Брюхом.

И опять она заразительно засмеялась, а потом, оглянувшись на дверь, за которой по-прежнему был слышен гул голосов, приникла к его груди своими жаркими губами.

Никарагуа. Провинция Манагуа,
10 сентября 1985 года

Большой, выстроенный в колониальном стиле дом с многочисленными антеннами на крыше стоял на берегу океана в окружении высоких пальм. Рядом расположились многочисленные хозяйственные постройки, окруженные колючим кустарником.

Территория вокруг была обнесена металлическим забором, который в подобном месте выглядел очень нелепо. На площадку перед домом опустился вертолет. Из него вышел грузный человек в штатском костюме.

Сарматов сидел на веранде в плетеном шезлонге. Увидев пожаловавшего незваного гостя, он сообщил хлопочущей вокруг него Рите:

— Это по мою грешную душу!.. Что ж, пойду встречать.

Но едва он открыл дверь, как его остановила жесткая команда людей в штатском, стоящих за дверью:

— Даме покинуть помещение, вам оставаться на месте!

Уходя, Рита показала им язык, и Сарматов, не выдержав, рассмеялся. Легкая улыбка тронула и лица парней в штатском, но служебный долг победил их чувства, и они опять приняли серьезный и грозный вид. Вскоре в конце длинного коридора появился грузный человек, сошедший несколькими минутами ранее с вертолета.

Когда он появился в дверном проеме, Сарматов сделал удивленное лицо и осведомился:

— Вы ко мне? Чем могу быть полезен? — Тот несколько мгновений внимательно разглядывал Сарматова, а затем ворчливо сказал:

— Ты им, понимаешь, курорты устраиваешь, а они даже сесть не предложат!

— Прошу вас!.. — галантно придвинул стул Сарматов.

— Да уж ладно, постою!.. Отчет, надеюсь, написал?..

— Отчет? Какой отчет?.. — принимая обескураженный вид, переспросил Сарматов.

Человек наклонился к его уху и произнес шепотом:

— О полном уничтожении пункта дислокации «зеленых беретов».

— Я не понимаю вас! — отстранился Сарматов.

— Может, скажешь, что ты и меня не знаешь?..

— Извините, но я вижу вас в первый раз, — глазом не моргнув, ответил капитан.

— Да?.. — усмехнулся грузный. — Ну, я тебе скажу, ты и фрукт!..

— Как вам будет угодно, — ответил Сарматов.

Грузный снова испытующе посмотрел на него, потом в сторону двери:

— Пожалуй, ты прав, парень, что так себя ведешь!.. Выйдем-ка на воздух!

* * *

Разбиваясь о прибрежные камни, пенистые океанские волны чередой катились к ногам Сарматова и грузного человека. Они некоторое время стояли и молча смотрели на океанский простор — на бесконечные волны, галдящих беспокойных чаек да на маячащий у горизонта американский авианосец. Наконец человек с сожалением оторвался от созерцания стихии и, переведя взгляд на капитана, спросил:

— Говоришь, что в первый раз меня видишь, майор?

— Так точно! — ответил Сарматов и поправил грузного: — Извините, капитан...

Усмехнувшись, человек протянул ему сверток. Сарматов осторожно развернул плотную оберточную бумагу. В руках у него оказались новенькие майорские погоны.

— Не мой род войск! — сказал Сарматов и протянул погоны обратно.

— Был не твой. А теперь твоим будет. Мы тебя забираем к себе, майор.

— Без моего согласия?

— Почему же? Забыл, как ты сам когда-то просился и подписку дал? Поэтому есть у нас такое право. Пока ты выздоравливал в приятном обществе, мы уже оформили твой перевод. На первых порах квартира в Москве не ахти какая, но тебе редко придется в ней ночевать...

— Что я должен буду делать у вас?

— Выполнять спецзадания по защите государственных интересов страны в основном за ее пределами. Кстати, у тебя английский, немецкий, испанский и?..

— И плохой французский. А вы уверены, что я годен для подобной работы?

— Не валяй ваньку, майор! Твой послужной список от рождения твоих дедов и прадедов наши люди под микроскопом изучили. Если ты не пригоден, то тогда кто?

— Ха! — ухмыльнулся Сарматов. — Как же они проглядели, что я внук казачьего есаула, участника Гражданской... с той стороны?

— И полного георгиевского кавалера при этом, — в тон ему подхватил собеседник, — который троих сыновей отдал на Отечественную, а четвертого, отца твоего, значит, — на корейскую. Тебя же, внука своего единственного, в нежном возрасте в Суворовское училище определил.

Грузный замолк и задумчиво сказал, но уже не обращаясь к Сарматову, а будто споря с кем-то:

— Шалите, ребята!.. Россия будет Россией, потому что такие есаулы и нижние чины в ней всегда найдутся! — Подняв на Сарматова посуровевшие глаза, он добавил: — Тебе у нас служить придется напрямую ей, родимой. Ну что, продолжать тебя убеждать или хватит уже?

— Не стоит, товарищ генерал-лейтенант! — отчеканил Сарматов.

— Вспомнил, сукин сын! — засмеялся генерал. — Я, грешным делом, стал думать: может, ему и впрямь в сельве память отшибло! Но не забывай, что умение забывать навсегда относится к специфике твоей будущей работы, — сказал он и протянул Сарматову блокнот и ручку. — Пиши фамилии тех, кого хочешь забрать с собой. Тех, у кого дети, лучше не трогай.

Написав в блокнот несколько фамилий, Сарматов возвратил блокнот со словами:

— Четверо... Трое — офицеры, один сержант. Но каждый из них должен решать сам, без принуждения...

— Это я тебе обещаю! — пряча блокнот, сказал генерал и, с любопытством оглядев Сарматова, произнес официальным тоном: — Значит, так, майор, отныне вам придется быть осторожнее в связях... Лучше, чтобы о них мы узнавали от вас.

— Это тоже относится к специфике моей новой работы? — поинтересовался Сарматов.

— Да, — коротко ответил генерал.

— Вы имеете в виду...

— Голова садовая, ты хоть знаешь, кто она?

— Во время переливания крови несколько неудобно выяснять биографию донора.

— И в постели неудобно? — ухмыльнулся грузный.

— В постели тем более, — без тени смущения ответил Сарматов.

— Ладно, все равно завтра все закончится, — устало сказал гость.

— Почему? — мгновенно насторожился Сарматов.

— Потому что завтра вы улетаете в Москву, но она на пассажирском «Боинге», а ты — на транспортном «Иле», улавливаешь разницу?..

— Каждый едет в своем классе?..

— Вот именно, майор, каждый в своем!

* * *

Под вечер со стороны океана снова пришел тропический ливень с грозой. Прибрежные пальмы качались и клонились к земле. Их контуры четко прорисовывались в частых вспышках ярких молний, полосующих небо над океаном, по которому неслись к берегу и с грохотом разбивались о него гигантские черные волны.

Сарматов стоял у окна, не в силах оторваться от разбушевавшейся стихии. Когда его шею обвили горячие, ласковые женские руки, он от неожиданности вздрогнул.

— «Море ловит стрелы молний и в своей пучине гасит...» — вдруг тихо сказала она. — Классики всегда точны, не правда ли, Игорь?

Он отвернулся от окна и, притянув ее к себе, стал покрывать поцелуями ее плечи, шею, лицо. Потом отстранился и пристально посмотрел в ее кажущиеся в сумерках черными глаза — в них отражались полосующие небо молнии.

— Сказка кончилась, Афродита-Рита, завтра я улетаю в Москву!

— Знаю! — кивнула она. — Увидела того, с вертолета, и поняла. Но у нас еще есть последняя ночь, и никто не сможет отобрать ее.

Их тела сплелись в единое целое. Будто разбуженная буйством природы за окном, их страсть вспыхнула с такой же неистовой силой...

Когда первые сполохи занимающегося утра заглянули в окно комнаты, она, не стесняясь своей наготы, подошла к двери, ведущей на веранду, и распахнула ее. Гроза, ярившаяся всю ночь, прекратилась, лишь глухие стоны грома еще доносились откуда-то из сельвы, да капли, падающие с крыши веранды, отбивали монотонный печальный ритм.

— Ты любишь меня? — спросил он.

Она рухнула на кровать и покачала головой:

— Таких, как ты, мой Сармат?.. Таких не любят. К счастью или к несчастью моему, в таких сгорают... Да только все равно ведь ты меня не позовешь. У тебя война — твоя любимая, вместо женщины. «Наши жены — пушки заряжены»! Так? Ты небось лежишь со мной, а сам думаешь: «Навязалась на мою шею!» Молчи, молчи, знаю, что не права. И права в то же время! — Она смотрела на него огромными глазами, из которых уже готовы были брызнуть слезы. — И не зови, не надо, набиваться не буду. Ведь мне же, как каждой бабе, дом нужен, семья, дети. Так что моя дорожка определена.

— Что значит определена? — глухо спросил он, может быть, впервые в жизни не зная, что делать, что сказать.

От беззвучных рыданий вздрогнули ее плечи, и она совсем тихо сказала:

— Ох, Игорь, я же замужем. Он служит в ведомстве вроде твоего.

«Сам я, конечно, в войне не участвовал, но был ранен...» — вспомнил вдруг Сарматов слова незабвенного капитана Бардака, который, гоняя его в учебке, научил еще и другой мудрости: «Если баба замужем — отвали».

И пока он мучился, не зная, что должен сказать, Рита вдруг склонилась над ним и, глядя прямо в глаза, сказала:

— Что бы ни случилось с нами, помни — мы с тобой одной крови. Одной — помни!

Восточный Афганистан, *5 июня 1988 года*

Заходящее солнце через ветви маскировки проникло в пещеру, заполненную густым мужским храпом.

Первым проснулся американец, прикованный здоровой рукой к Сарматову. Приподнявшись на локте, он попытался пошевелить больной рукой. После немалого усилия рука приподнялась почти до уровня плеча. Американец дернул Сарматова. Тот вскочил как ужаленный и схватился за автомат. Американец улыбнулся во весь рот и кивнул подбородком на стену пещеры, на которой в красных косых лучах солнца плясала тень его руки с растопыренными шевелящимися пальцами.

— Майор, похоже, мои дела не безнадежны! — обрадовался он. — Я начал чувствовать пальцы!

— Похоже! — облегченно пробасил Сарматов и сорвал с его плеча повязку. —

И рана сухой коркой покрылась... Знали мои предки толк в этом деле!..

— Готов это признать! — улыбнулся американец и вновь пошевелил пальцами. — Русские говорят: до свадьбы заживет, да?

— А ты что, не женат? — спросил Сарматов, накладывая на рану тампон и пластырь.

— Женат! Штат Оклахома! — с готовностью ответил американец. — У меня есть жена, сын Ден и дочь Джулия. А у тебя есть жена?

— Жена? — переспросил Сарматов, поймав на себе пронзительный взгляд сидящего неподалеку Савелова. Сарматов отвернулся и хмуро бросил: — Жена при моей профессии непростительная роскошь, полковник.

— Нет, ты не прав! — покачал тот головой. — После нас должны оставаться дети.

Савелов поднялся и пошел мимо них к выходу.

— Сменю часового, — кинул он на ходу. Сарматов посмотрел ему вслед и, не поворачиваясь, напел себе под нос:

— Наши детки — ядра, пули метки — вот где наши детки!..

— Я знаю — это старая русская песня, — вслушиваясь в слова, сказал американец.

— Гляди-ка, а ты много о нас знаешь, полковник! — поворачиваясь к нему, оборвал песню на полуслове Сарматов.

— Еще мало! — серьезно ответил тот.

Снаружи послышался шум, и в пещеру ввалились Бурлак с Аланом. На плечах Бурлака был здоровенный курдючный баран.

— От большого немножко — не грабеж, а дележка! — сообщил Алан и, приняв серьезный вид, доложил: — Над ущельем грифы летают. Если кровь учуют — слетятся в гости. Значит, барана здесь резать надо!

— Слабонервным советуем удалиться! — сказал Бурлак, доставая нож. Удалился лишь Силин.

— Надеюсь, вы себя не обнаружили? — спросил Сарматов.

Алан с деланым акцентом воскликнул:

— Мы малчик, да?.. Женщина в люльке ребенка качает, песня поет — пусть поет! Аксакал «бур» на камень положил, плот строит — пусть строит, да? Балшой сабака хвостом виляет — пусть виляет, да?

— Плот, говоришь, строит? — переспросил Сарматов.

— Да, большой, из бревен, с ограждением, чтоб баран в воду не прыгал, да? На Кавказе тоже такой плот строят, — продолжал прикидываться Алан.

— Абдулло вы там случайно не встретили?

— Его лагерь в пяти километрах вверх по реке, — ответил Бурлак, примериваясь ножом к горлу барана. — Но его сейчас там нет. Мы подстроились к его частоте — видать, чует нас Абдулло и рыщет по окрестностям.

Стараясь не смотреть на бьющегося в агонии барана, Сарматов кивнул и вышел из пещеры.

Сидящий на камне неподалеку от входа Савелов повернул голову на звук шагов и спросил:

— Что донесла разведка?

— Абдулло в ущелье. Видно, чует нас, сволочь! — не глядя на Савелова, ответил Сарматов и, подойдя к нему, присел рядом. — Американец уже может топать на своих двоих... Пришло время, капитан, разделиться, чтобы людей без нужды не гробить. Мы с полковником — на запад, к Баглану, пойдем, а твоя группа пусть топает на гребень хребта. За ним до наших погранзастав — как от Москвы до Внукова...

— Мне не послышалось? Ты действительно собираешься идти на Баглан? А как же Абдулло?..

— Слушай сюда! — Сарматов достал карту и, развернув, начал водить по ней пальцем. — Вы подниметесь на перевал и вот здесь, — он показал пальцем в нарисованные горы, — пошумите погромче, дымовую шашку запалите, взорвите что-нибудь... Абдулло не дурак потерять миллион баксов — бросится со всей сворой за вами. Конечно, они свои горы знают. Но без альпинистской подготовки о хребет зубы обломают. А тем временем мы под шумок вырвемся из ущелья.

Все, о чем говорили Сарматов с Савеловым, прекрасно слышал Силин, лежащий за камнем с другой стороны. Он ловил каждое сказанное слово, и на лице его отражались попеременно то любопытство, то брезгливость.

— А если Абдулло не бросится вслед за нами, а вызовет пакистанские вертушки, и они нас на белом снегу прикончат, как в тире?.. — донесся до Силина голос Савелова.

— Бросится! — раздался голос Сарматова. — Я этого шакала давно знаю. У него есть одна большая проблема — делиться не умеет... А пакистанские летуны не идиоты, чтобы входить в зону действия нашей Южной ПВО... Для страховки на перевале сразу выходите в эфир и орите открытым текстом: мол, идем с ценным заморским грузом и просим погранцов встретить нас хлебом-солью.

— Когда нам уходить? — спросил Савелов. Чтобы разобрать приглушенный голос, Силин даже чуточку приподнялся.

— Утром, когда туман плотнее ляжет. Готовьте страховочные фалы, крючья, хорошо отоспитесь. А я пока донесение командованию сочиню, как выберешься из этой передряги, передашь.

— Как скажешь, командир, — без особого энтузиазма ответил Савелов.

— Возьмете с собой Силина. Сломался Сашка Громыхала, жалко, но придется списывать... Который год без передышки — металл, и тот от усталости рассыпается!

— Тогда вместо Силина возьми у меня Шальнова, — предложил Савелов.

Сарматов отрицательно покачал головой:

– Нельзя, у Шальнова двойня родилась. Не хочу его подставлять. Все же, как ни крути, у вас выбраться шансов больше. Справимся мы с полковником и втроем!

Сарматов и Савелов ушли в пещеру. Силин угрюмо посмотрел им вслед, по его скулам стали ходить желваки. Еле сдерживая рвущийся из груди крик, он с ненавистью посмотрел на скрюченные пальцы своих рук и вдруг со всей силы ударил рукой о камень.

Нарастающий храп постепенно заполнял пещеру. Разметался во сне и чему-то улыбался Шальнов, спина к спине, не выпуская оружия из рук, спали Бурлак и Алан. Будто стараясь перехрапеть друг друга, примостились рядышком Морозов, Прохоров и Харченко. Тихонько подсвистывал им могучий сибиряк Мышкин, уткнулся ему под мышку касимовский татарин Сайфихан Нафиев. Чуть поодаль с прикованным к руке наручниками американцем тревожно спал Сарматов. А вот к американцу сон не шел. Он смотрел на тронутый лунным светом потолок пещеры и думал о чем-то, по всей видимости, не очень веселом. Не спал и Силин. Некоторое время он ворочался на жестком ложе, пытаясь устроиться поудобнее, потом вдруг встал и, прихватив оружие, вышел из пещеры. Возле входа дежурил клюющий время от времени носом Савелов. Он проснулся от звука шагов и схватился за автомат. Но поняв, что это свой, тут же опустил его.

— Иди спать, капитан, я посторожу, все равно не спится!.. — сказал ему Силин.

— Как туман опустится, разбуди меня! — сказал тот и скрылся в пещере, в которой тут же заснул, втиснувшись между Морозовым и Прохоровым.

На востоке робким розовым светом начали озаряться снежные пики гор. По ущелью скользнул легкий ветерок, сминая зарождающиеся хлопья тумана.

— Тумана не будет! — шепнул самому себе Силин и посмотрел в фиолетовое небо, по которому высоко-высоко, оставляя розовый инверсионный след, летел пассажирский самолет.

Порыв ветра с шелестом пронесся по ущелью, в котором уже начала угадываться извивающаяся лента реки.

— Не будет тумана! — с непонятной злобой повторил себе под нос Силин. — Не будет, суки! Назло вам не будет!

Стараясь не шуметь, он вошел в пещеру и осторожно вытянул из-под головы Харченко рацию. Отбросив маскирующие вход ветви, Силин, положив рядом с собой ручной пулемет и гранату, щелкнул тумблерами рации...

Американец молча наблюдал за странными действиями русского, гадая, что у него на уме. Когда Силин склонился над рацией, до американца наконец дошел смысл происходящего. Несколько секунд в душе американца боролись противоречивые чувства. Он прекрасно понимал, что если он сейчас даст этому предателю воспользоваться рацией, то в скором времени ему уже не о чем будет беспокоиться. Все мучения останутся позади, и в скором времени он уже сможет увидеться со своей семьей, думал полковник. С другой стороны, этот человек — Сарматов — спас ему жизнь, и он не виноват, что судьба распорядилась так, что они оказались по разные стороны баррикад. Еще несколько мгновений американец размышлял. Потом все же принял решение и... с силой дернул закованную в наручник руку Сарматова. Тот приподнял голову. Американец прижал к губам указательный палец здоровой руки и кивнул в сторону, где сидел, склонившись над рацией, Силин.

— Сашка, не смей! — вскакивая на ноги, крикнул Сарматов. — Не смей, пристрелю!

Его крик мгновенно поднял всех остальных. В сторону Силина сразу ощетинилось несколько готовых к стрельбе стволов. Но Силин скрюченными пальцами выдернул чеку и занес над собой гранату.

— Назад, сссуки! — крикнул он. — Назад, всех замочу! Зззамочууу!

Тело Силина начали сотрясать судороги, глаза налились кровью, а на губах стала пузыриться пена.

— В гробу я видал вашу Совдепию! — закричал он, размахивая гранатой. — Хватит, наелся дерьма!.. Сссыт по горло! Сссыт!

— Сашка, у тебя что, крыша съехала? — не веря в реальность происходящего, спросил Бурлак.

— За вас, сссук, штатники мне даже Никарагуа спишут! — продолжал орать тот, захлебываясь пеной. — А миллион баксов и в Африке миллион!.. Поняли, пидоры гнойные?!

Сарматов носком ботинка ударил в пятку Алана. Тот еле заметно, не поворачиваясь, кивнул и сделал неуловимое движение вперед. Силин занес руку с гранатой для броска и осатанело заорал:

— Ни с места! Все мордой в землю!.. Мордой в землю — или к богу в рай, суки!

И когда Алан, как бы послушно выполняя команду Силина, стал становиться на колени, из-за его спины Сарматов метнул нож. Клинок пропорол Силину гортань, и оттуда сразу же хлынула ярко-алым фонтаном кровь. В тот же миг к нему бросился Алан и зажал гранату в ослабевших пальцах Громыхалы. Подоспевший Бурлак перехватил ее несколькими витками невесть откуда взявшегося пластыря. Сарматов подхватил разом обмякшее и ставшее покорным тело Силина под мышки и осторожно положил на землю головой на свои колени. Встретившись с его глазами, Силин вместе с алыми брызгами крови вытолкнул из себя слова:

— Тттумана не ббудет!.. Уходиии, кккоман-дир!.. Уууххходиии!

Из его открытых глаз вдруг потекли крупные слезы, и он пристально стал всматриваться в Сарматова, будто хотел сказать ему что-то очень важное, самое главное...

— Прости, Сашок, — со стоном выдавил из себя Сарматов. — Бога ради, прости меня, грешного!

Силин сжал его руку и пытался улыбнуться, но хлеставшая изо рта кровь смыла эту улыбку.

— Преставился Сашка Громыхала! — посмотрев на его застывшие глаза, сказал Прохоров и снял с головы берет.

Савелов подошел к склоненному над Силиным Сарматову и, тронув его за плечо, сообщил:

— Я осмотрел рацию... Нет никаких сомнений — он успел выйти в эфир, а это значит, нас запеленговали. Надо немедленно уходить, Игорь!

Тот поднял на него переполненные мукой и тоской усталые глаза, глаза человека, которому уже невмоготу хоронить друзей, и кивнул. Потом бережно взял безвольное тело Силина на руки и, шатаясь под его немалой тяжестью, понес к расщелине, в которой покоился прах английских солдат времен англо-афганской войны. Положив тело, Сарматов начал закладывать его камнями. К нему тут же присоединились Бурлак с Аланом. Когда из камней вырос холм, все трое замерли по стойке «смирно» и отдали честь.

— А ты, командир, не рви сердце! — почему-то шепотом сказал Бурлак, приблизив свое лицо к серому лицу Сарматова. — Судьба — она как кошка драная, к кому боком, к кому раком!.. В этом твоей вины нет! — кивнул он на холм из камней.

— Есть! — прошептал майор.

— Слушай, сейчас все бы мы были... — воскликнул Алан.

— Есть! — перебил его Сарматов. — Соглашаясь на неподготовленную операцию, я обязан был учитывать, что человек всегда остается всего лишь человеком и душа его, бывает, с резьбы срывается!

— А в генеральских кабинетах стали бы слушать твои байки о душе? — резко спросил Бурлак. — То-то!.. Завяжи яйца узлом, командир, из дерьма выбираться надо!

Из рации донеслись отрывистые голоса Рахмана и Абдулло, в них вклинивалась четкая английская речь, которую по частям переводил переводчик на фарси.

— Янки приказали Абдулло и Рахману блокировать ущелье и держать русских террористов до прибытия вертолетов с пакистанским спецназом. Если удастся освободить их полковника, обещают большой бакшиш, — пояснил припавший к рации Алан.

Сарматов дернул американца за руку.

— Извините, сэр, придется вам еще побыть на привязи! — произнес он и отдал команду: — За мной!

Укрываясь в расщелинах, группа довольно быстро преодолела подъем над пещерой. Немного тормозил американец, но Бурлак и Алан помогли ему, и тот вначале нехотя, но затем достаточно благодарно принял их помощь.

Выбирая дальнейший маршрут движения группы, Сарматов тщательно осматривал в бинокль охристые склоны гор. Вдруг сквозь редкий кустарник и камни он обнаружил палатку аксакала. Рядом, привязанный веревкой к кусту, болтался плот. Сам старик спокойно стоял возле отары овец, опираясь на свой допотопный «бур».

Но вот он насторожился и взял ружье на изготовку.

— Не высовываться! — приказал Сарматов, продолжая наблюдать за стариком.

С верховья донеслись конское ржание и несколько выстрелов. Группа всадников подскакала к аксакалу. Один из них, в ярком, как хвост павлина, халате, что-то спросил у него. Тот с достоинством ответил. Всадник вздыбил коня и наотмашь ударил аксакала камчой по лицу. Старик, утираясь, отошел к плоту, а всадники поскакали дальше.

Передав бинокль Бурлаку, Сарматов подполз к Савелову и сунул ему в руки запечатанный конверт.

— Вадим, тебе пора, — сказал он. — Тумана не будет — уходите на гребень хребта. Остальное — как договорились... Донесение отдашь генералу из рук в руки!..

Савелов кивнул головой и стал отползать в сторону, но внезапно возвратился обратно.

— Игорь, хотел с собой унести, но не могу! — глядя Сарматову в глаза, произнес он. — Здесь такое дело... Понимаешь... В общем, я должен тебе сказать... У тебя растет сын...

— Какой еще сын?.. — непонимающе вытаращился на него Сарматов.

— Рита назвала его Платоном, в честь твоего деда, а фамилию, уж ты извини, он носит мою.

Оторопевший от этого известия, Сарматов отстранился от него, а Савелов лихорадочно продолжил:

— Дай мне слово, что не откажешься от него, если я не дойду... Если выберемся из этой передряги оба — потом решим!..

— Что, я откажусь от сына? — приходя в себя, но все еще сдавленным голосом воскликнул Сарматов.

Сжав его руку, Савелов отполз в сторону, затем поднялся и, пригибаясь, побежал за своей группой, уходящей к снежным вершинам. К Сарматову подползли Бурлак и Алан.

— Полковнику рот пластырем залепил и к корневищу приковал, — доложил Бурлак и подозрительно спросил: — А ты чего лыбишься-то, как медный самовар?..

Сарматов шумно выдохнул и, сам еще до конца не веря в услышанную от Савелова весть, все так же глупо улыбаясь, сказал:

— Братцы, оказывается, у меня сын есть!

— И где он есть? — вскинулся Алан.

— В семье Савелова растет.

— Ничего себе! У вас что, так принято, своих детей в чужих семьях выращивать? — остолбенело спросил Бурлак.

— Да я сам ничего не знал, — как бы оправдываясь, пояснил Сарматов.

— И что же, Савелов, гад, до сих пор молчал об этом?

— А что, ему телеграммы слать нужно было: Мозамбик или Ангола — до востребования, майору Сарматову? — остудил Алана Бурлак и посмотрел на Сарматова. — Мужики ушли, а мы как?..

— Ждать будем! Дойдет до перевала Савелов, и нашим преследователям станет не до нас...

— Секу!.. — кивнул Алан. — Абдулло бросится догонять свой миллион...

Бурлак ничего не сказал, лишь с сомнением качнул головой.

Однако тут произошло нечто, не вписывающееся в сценарий Сарматова. Три тяжелых десантных вертолета появились из-за гряды гор. Развернувшись над ущельем, они пронеслись над затаившейся в камнях группой Сарматова и ушли в сторону заснеженных вершин. Скоро оттуда донеслись трескучие, сухие разрывы...

— Вот вам и суп с котом! — зло бросил Бурлак. — Засекли ребят вертушки — бьют прицельно...

— Похоже, влипли мы! — хмуро подтвердил Сарматов и высунулся из-за камня. — Они идут на разворот в нашу сторону! — крикнул он и схватился за гранатомет.

Бурлак потянул гранатомет на себя:

— Не отбирай хлеб, командир!.. Скажи, в кого влепить?!

— В ближнего! — крикнул Сарматов.

— Ну, держись, ближний, мать твою... — привалившись к камню в обнимку с трубой гранатомета, сквозь зубы процедил Бурлак.

Первый вертолет пронесся в километре от них, второй чуть ближе, но на большой высоте, а третий, разрывая лопастями воздух над камнями, практически завис над головой. И когда в перекрестье прицела уже были видны заклепки на его бронированном брюхе, Бурлак нажал гашетку. В мгновение ока граната расколола брюхо вертушки, и из объятого пламенем вертолета стали вываливаться горящие люди. Пронесясь по инерции над охристыми разломами гор, машина гигантским факелом опрокинулась в ущелье. Грохот от удара о камни и следующий за этим взрыв жутким резонирующим эхом прокатился по горам.

Два других вертолета, развернувшись, тут же направились к месту крушения и даже выбросили лестницы, по которым начали спускаться командос в пятнистой униформе. Но почему-то, не убрав лестниц с болтающимися на них людьми, винтокрылые машины резко набрали высоту и торопливо стали уходить в сторону пакистанской границы...

— Чего-то они деру дали, как черти от ладана? — удивленно спросил Бурлак.

И ответом ему раздался нарастающий со стороны заснеженных вершин гром. Два истребителя-перехватчика Су-27, вырвавшись из-за хребта, шли наперерез вертолетам. Огненные шлейфы от них впились в один из вертолетов, и он еще в воздухе развалился на части. После этого, отказавшись от преследования второго вертолета, «сухарики» сделали боевой разворот, и дробные очереди их пушек и взрывы обрушились на ущелье.

— Не пойму, кого они размазывают? — спросил Бурлак.

— Кого, кого — Абдулло, конечно! — уверенно ответил Сарматов.

— Смотри-ка, на второй заход идут! — воскликнул Алан.

И действительно, сверкнув на крутом вираже краснозвездными крыльями, «сухарики» снова стали обрабатывать ущелье, после чего унеслись за заснеженный хребет.

Алан повернул к Сарматову сияющую физиономию и спросил:

— Слушай, наши, похоже, пасут нас, да?..

— Вряд ли! — качнул головой тот. — Скорее всего, наши пограничники решили пресечь пакистанскую активность над афганской территорией. Летуны, гробанув одну вертушку, не стали соваться к их границе, а увидев лагерь Абдулло, предпочли израсходовать боекомплект на него.

— Сейчас Абдулло ошметки от своего отряда со скал соскребает! — засмеялся Бурлак.

— Но от этого желание получить за нас миллион у него вряд ли исчезнет! — охладил его жизнерадостный пыл Сарматов и твердо добавил: — Уходить надо, уходить!

— Куда?.. С одной стороны Рахман, с другой — Абдулло! — пожал плечами Бурлак. — Куда ни сунься, и там и там голову оторвут. По мне — лучше уж на этой позиции отходняк играть...

— Я бы тоже не рыпался! — подал голос Алан. — По крайней мере, дадим нашим мужикам уйти за перевал...

— А я говорю — уходить нужно! — твердо повторил Сарматов. — Абдулло теперь знает, где нас искать...

— Куда уходить? — со злостью повторил свой вопрос Бурлак.

— Есть у меня одна мысль! — ответил Сарматов и подал ему бинокль. — Вот там, у отары, погляди...

— Что у отары? — взглянув в бинокль, пожал плечами тот. — Ну, старик, овцы, плот...

— Вот-вот! Плот! — поддразнил Сарматов.

— Черт возьми, как я сам не догадался! Ведь плот же! — дошло до Бурлака. — Понял — не дурак! Тогда действовать надо быстро — пока они не опомнились!

* * *

Помогая американцу, прикованному к Бурлаку и потому спотыкающемуся на каждом шагу, они начали спуск к реке. До палатки аксакала оставалось метров сто, когда нарастающий цокот копыт и ржание лошадей заставили бойцов затаиться за камнями.

Обезумевшие от страха окровавленные кони без всадников пронеслись плотным табуном вдоль реки. Увидев их, огромный туркменский волкодав аксакала со злобным лаем бросился за лошадьми, а стоявший недалеко старик лишь молча посмотрел вслед умчавшемуся табуну. Почувствовав движение за спиной, он спокойно повернулся, сверкнув пронзительными зелеными глазами, кажущимися неестественно молодыми на его морщинистом лице.

— Салям аллейкум! — приветствовал его Алан.

— Аллейкум ассалям! — с достоинством ответил старик.

— Скажи ему, что мы хотим взять его плот и хорошо заплатим за него, — попросил Сарматов Алана.

Тот перевел слова командира на фарси. Выслушав их, старик отрицательно покачал белой бородой.

— Вах! — воскликнул Алан. — Не отнимать же у него плот силой!

Между тем старик что-то крикнул выглянувшей из палатки молодой женщине и, повернувшись обратно к Сарматову, начал отрывисто что-то говорить.

Говорил он так быстро, что Алан еле успевал переводить:

— Глаза стариков далеко видят, сказал аксакал. Он видел, как мы изгнали из пещеры шайтана и как украли барана из его отары...

— Мы готовы заплатить за барана! — с готовностью отозвался Сарматов и, достав деньги, протянул их аксакалу.

Но старик отстранил его руку и снова начал что-то говорить на своем гортанном языке.

— От людей Абдулло он узнал, что урус-шурави убили много моджахедов и украли американского курбаши и что за головы шурави обещан большой бакшиш, — перевел Алан сбивчивую речь старика. — Абдулло, сын шакала, изгнанный из страны шурави, ищет их по всем ущельям, чтобы получить бакшиш... У него было два сына — радость его старости, но Абдулло убил их только за то, что Бабрак Кармаль послал их в страну шурави учиться на инженеров... Теперь старый Вахид живет с невесткой, женой убитого младшего сына...

Аксакал что-то крикнул выглянувшей из шатра женщине. Та, стыдливо прикрывая лицо платком, подошла к ним, и старик отдернул полу ее халата. Сарматов и Алан отшатнулись — на месте грудей у женщины бугрились огромные рваные шрамы.

— Абдулло отрезал у нее груди, чтобы она не могла материнским молоком кормить Вахиду внука! — перевел Алан гневную речь аксакала.

— Урус, — обратился старик к Сарматову. — Твои люди ходили в лагерь Абдулло, чтобы убить его... Шурави самолеты прислали... Враги Абдулло — друзья старого Вахида... Вахид поплывет на плоту вместе с шурави, потому что река коварна и лишь один Вахид может провести по ней плот.

— Спасибо, ага! — благодарно склонил перед стариком голову Сарматов.

— Зови, урус, большого батыра, оставшегося за камнями с американским курбаши, надо уплыть раньше, чем нагрянет Абдулло, — сказал старик, обращаясь к Сарматову, и, когда Алан закончил перевод, добавил: — Но старый Вахид предупреждает, что он в этой войне ни на чьей стороне, поэтому он выведет шурави из гор, подвластных Абдулло, но урус-баши должен поклясться именем всех пророков, что, когда река повернет на юг, он отпустит старого Вахида, потому что старый Вахид нужен еще невестке и своему внуку Али...

Алан перевел и эти слова старика.

— Именем господа моего Иисуса Христа клянусь в этом, Вахид-ага! — сказал Сарматов и широко, по-православному, перекрестился.

Аксакал удовлетворенно склонил обмотанную чалмой голову.

* * *

Ледник начинался сразу от черных отвесных базальтовых скал, упирающихся своими вершинами в бездонное азиатское небо. Отсвечивая на солнце металлом, он огибал отдельно стоящие утесы и талыми языками стекал в ущелье Шайтана. В глубоких трещинах, рассекающих ледник, клокотала студеная вода, питающая многочисленные ручьи, стремящиеся по проломам и расщелинам в долину, к реке, которая серебристой ниточкой, змейкой скользила дальше среди каменных нагромождений.

Замедлив шаг, капитан Савелов до боли в глазах вглядывался в сверкающие нестерпимым, слепящим блеском снежные вершины хребта и в неприступную с виду отвесную стену переходящих друг в друга скал. Одна за другой проходили перед ним длинные и контрастные на отполированной солнцем и ветром поверхности ледника тени идущих след в след бойцов. Тени горбились под грузом рюкзаков, подставляя дующему с перевала ледяному ветру плечи и затылки.

— Шире шаг! — громко скомандовал Савелов, переводя взгляд на восток, в сторону пакистанской границы. — Чувствую, вот-вот налетят шакалы...

— Гиблое это место! — вздохнул капитан Прохоров. — Здесь, коли навалятся, как клопов, передавят! Пойду-ка я вперед, в охранение, — добавил он, обращаясь к Савелову. — Не приведи бог в засаду попасть, на чистом льду и без вертушек — как траву, покосят!..

— Какое, к черту, охранение! — взорвался Савелов. — И так на километр все как на ладони!..

— Ну, вам виднее! — недовольно усмехнулся Прохоров. — Вы начальник — я дурак!..

Скользили на льду разбитые башмаки, все холоднее и пронзительнее становился дующий с перевала ветер, все тяжелее из-за разреженного воздуха было дышать. Все чаще спотыкались бойцы и шли дальше, стараясь поддерживать друг друга. Все ближе и ближе становилась уходящая в небо скалистая стена с белыми языками снега, виднеющимися в разломах и впадинах, и с нависающим над ледником снежным гребнем. Слева от скалистой стены светился первозданным снегом перевал.

— Командыр, давай зараз на сидловыну? — В воздухе нарисовал рукой замысловатый предполагаемый маршрут старший лейтенант Харченко. —

Трохы бильше чухаты, але чоботы збэрэжэмо та пупок!..

— Если мы двинемся через перевал, то станем отличной мишенью! К тому же там нас запросто можно догнать на лошадях! — оборвал его Савелов и, показывая на отвесную скалу, добавил: — Здесь лучше корячиться... Налетят вертушки — хоть к камням прижаться можно.

— Тут для траверса место ни к черту! — показал Савелову на снежный гребень Морозов. — Нельзя под эту скалу соваться: если козырек сорвется — всем нам крышка!..

— Да, и на перевал нельзя, и для траверса место хуже некуда! — поддержал его Прохоров и, отведя взгляд от снежного гребня, вздохнул: — Другое место надо искать, мужики!..

— Пока мы будем искать, они там всех наших ребят замочат! — зло оборвал его Савелов, кивая вниз на еле видимое, затянутое белесой дымкой ущелье Шайтана.

— Ну, я же говорю: вы начальник — я дурак! — пожал плечами Прохоров и, взвалив на плечи рюкзак, медленно побрел в ту сторону, куда указал Савелов.

И снова скрипит под разбитыми башмаками ломающаяся ледяная корка. Солнце сияет во всю свою яростную силу, отражаясь от наста, ослепляет и высекает слезы из глаз идущих. Примерно через километр относительно ровная поверхность ледника начинает топорщиться многочисленными неровностями и дает крен вправо. Чтобы удержаться на скользком ледяном склоне и не скатиться вниз с многометровой высоты, бойцы примыкают к автоматам штык-ножи и, вонзая их в наст, как ледорубы, продолжают свое медленное и мучительное восхождение.

Внезапно из-за снежного гребня появились три черных десантных вертолета «Апач» с пакистанским полумесяцем на фюзеляжах.

— Воздух! — крикнул Савелов во всю силу легких, ловя ртом разреженный воздух. Вся группа голова к голове распласталась на склоне, ибо спрятаться было негде и шансов на то, что с воздуха их не заметят, не было никаких.

Вертолеты тем временем веером ушли к ущелью Шайтана. Восемь пар воспаленных от усталости глаз с тревогой глядели им вслед.

— Может, не заметили? — с надеждой в голосе спросил касимовский татарин лейтенант Сайфихан Нафиев.

— Как бы не так! — сквозь зубы процедил Морозов. — Если только они там не слепые, то точно нас засекли.

И действительно: развернувшись над ущельем, вертолеты кильватерной колонной легли на обратный курс.

— Обнаружили, сволочи! — вырвалось у побледневшего Савелова.

— Сейчас мочилово начнется, мужики!.. — сказал Морозов, с тревогой глядя на снежный гребень, нависающий над их головами. — Пора запевать: «Врагу не сдается наш гордый «Варяг»!» — взводя затвор пулемета, пропел он.

— Рассредоточиться — у них локаторная наводка! — устало приказал Савелов.

Группа врассыпную бросилась вниз по склону, туда, где выступали из-подо льда, словно гигантские зубы древнего чудовища, черные камни. Савелов, подхватив пулемет, побежал в противоположную сторону, карабкаясь вверх по ледяному откосу.

— С ума сошел! — заорал ему вслед Прохоров. — На голом месте сковырнут, как прыщ на заднице!..

— Невтерпеж паркетному шаркуну геройство выказать! — хмыкнул Морозов, по-прежнему с тревогой глядя на снежный гребень. — «...Не скажет ни камень, ни крест, где легли во славу мы русского флага...» — переводя взгляд на приближающиеся вертолеты, добавил он.

Шальнов вдруг сорвался с места и побежал вслед за Савеловым:

— Подстрахую капитана! — крикнул он оставшимся.

Тем временем вертолеты, будто собаки-ищейки, крутились на месте, рыскали хищными носами из стороны в сторону. Несколько пулеметных очередей, посланных снизу из-за камней, заставили их подняться выше и зависнуть над снежным гребнем.

— Почему они не стреляют? — недоуменно спросил Савелов у упавшего рядом Шальнова.

— Пытаются высмотреть, с нами ли американец, или ищут площадку для десантирования, чтобы взять нас живыми, — ответил тот, не отрываясь от прицела автомата.

— Ах, они нас живыми хотят?! — воскликнул Савелов. — Ну нет! Не дождетесь! Такой радости мы вам не доставим!

Вскочив на ноги и выпрямившись во весь рост, он стал палить из пулемета от бедра по ближнему вертолету.

— Ложись, капитан! — дергая Савелова за штанину, заорал Шальнов. — Дохлый номер — у них на брюхе броня!

Действительно, очередь Савелова лишь высекла снопы искр из отсвечивающего стальным блеском брюха зависшего вертолета. Однако после савеловского нападения все три «Апача» вдруг, как по команде, опустили носы и, ускорив вращения лопастей, бросились в атаку. Все более набирая скорость, окутываясь дымными вспышками очередей крупнокалиберных пулеметов, они друг за другом пошли в пике прямо на Савелова и Шальнова.

— Мордой в землю! — заорал Шальнов и, сбив Савелова с ног, подмял его под себя.

Треск очередей крупнокалиберных пулеметов страшным грохотом отразился от скал. На склоне вздымились фонтаны снега, скрывая Савелова и Шальнова от бойцов, залегших за камнями, сплошной матовой ледяной завесой. Когда снежный туман опал, оказалось, что поверхность ледника вся сплошь, вкривь и вкось, будто поле пьяным трактористом, распахана глубокими прерывистыми бороздами.

«Апачи», развернувшись над ущельем Шайтана, с ходу бросились в новую атаку. На этот раз их пулеметы, выплюнув несколько очередей, замолкли, зато от фюзеляжей отделились и устремились к леднику огненные стрелы. Полыхающие валы от разрывов ракет «воздух – земля» в одно мгновение накрыли склон и разбились об отвесные склоны скал.

Крутанувшись над снежным гребнем и выпустив по нему еще пару огненных стрел, «Апачи» снова выстроились веером и унеслись к ущелью. Оглохшие Савелов и Шальнов некоторое время не могли поверить в то, что огненный смерч пронесся мимо, даже не задев их. Они вскочили на ноги и открыли огонь вслед вертолетам из двух стволов, не слыша нарастающего грохота за спиной...

От многочисленных взрывов снежный гребень срывается со скал и с пушечным грохотом обрушивается с трехсотметровой высоты на ледник, увлекая за собой груды камней. Огибая верх склона, на котором в ужасе застыли Савелов и Шальнов, снося на своем пути деревья, кустарники и выворачивая камни, за которыми рассредоточилась группа, лавина в клубах снежного вихря катится по склону вниз. Следом за первой лавиной в склон ударяется вторая и поверх первой устремляется к ущелью Шайтана.

Когда опал клубящийся снежный вихрь, Савелов и Шальнов, переглянувшись, бросились к тому месту, где только что прятались остальные бойцы. Но там лишь лежал девственно-белый снег, и не было никакого намека на то, что хоть кто-то остался в живых. Шальнов, а за ним и Савелов сняли береты и опустили головы.

— Как теперь жить!.. — прошептал Савелов и замолк от сотрясших его тело рыданий. — Как мне теперь жить, старлей?..

— «...Не скажут ни камень, ни крест...» Война, она кошка драная — в кого, как и когда вцепится — поди угадай!.. — выдавил Шальнов и оглянулся в сторону ущелья Шайтана, откуда донесся глухой раскатистей взрыв.

— Похоже, Сармата причесывают, суки! — прислушавшись к гулу вертолетов, сказал Шальнов и втянул голову в плечи от внезапно обрушившегося с неба рева турбин краснозвездных Су-27, «сухариков», серебристыми молниями вынесшихся из-за скал. — Наши!.. Сейчас и их причешут в хвост и в гриву! — крикнул он, помогая Савелову встать на ноги.

— Надо взглянуть — может, жив кто-нибудь! — сквозь рыдания сказал вконец раскисший Савелов и потянул Шальнова к снежному завалу высотою в многоэтажный дом.

Тот недовольно вырвал руку и крикнул срывающимся от злости и безысходности голосом:

— Ты что, не понимаешь, капитан?.. На них!.. Прямо на них оба раза ухнуло! Слепой, что ли, Савелов?!

Еще раз оглядевшись вокруг, Савелов окончательно сник.

— Ты прав! — чуть слышно проронил он, и снова его спина содрогнулась от рыданий. — Как мне теперь жить, скажи, старлей? — ударяясь лбом о лед и раскачиваясь из стороны в сторону, хрипел он.

— Хватит пузыри пускать, капитан! Что бы ни случилось, у нас есть приказ майора Сарматова. И его надо выполнять!

— Какой уж теперь приказ? — выдохнул Савелов.

— Тот же, что и прежде, — на перевале вызвать огонь на себя... и, если повезет, дойти до наших.

— Ноги меня не держат, старлей. Я... я не могу... — простонал Савелов.

— А ты — через не могу! — рявкнул на него Шальнов, взводя затвор автомата. — Не возьмешь себя в руки — пристрелю и уйду один.

— И ты сможешь это сделать? — поднял капитан на него мгновенно высохшие от слез глаза. Перехватив непреклонный взгляд Шальнова, Савелов понял, что тот действительно пристрелит его и даже, наверное, не пожалеет об этом. — Значит, ты ребят на мою совесть записал?! — полувопросительно, полуутвердительно сказал он.

— Важно, что ты сам об этом думаешь, — с горькой усмешкой ответил Шальнов. Кинув прощальный взгляд на снежно-каменное месиво, похоронившее под собой группу, он закинул за плечи рюкзак и, опираясь на автомат, медленно пошел в сторону перевала.

Савелов некоторое время глядел ему вслед, потом перевел взгляд на скалы, за которыми исчезли, словно сказочные птицы, «сухарики».

— Эй, подожди-и-и-и! — крикнул он, когда гул истребителей стих за заснеженными вершинами хребта.

Шальнов остановился, но не обернулся.

Савелов начал карабкаться по ледяному склону и наконец оказался рядом с Шальновым. Взглянув ему в лицо, он отшатнулся — настолько оно было чужим.

— Лучше не задавай никаких вопросов, — сухо сказал Савелов. — Я, знаешь ли, сам себе генеральный прокурор и верховный судья...

Солнце было в самом зените. Оно вовсю поливало непереносимо ярким светом снежно-белый перевал и отбрасывало короткие угольно-черные тени от двух бредущих по перевалу фигур. Дойдя до седловины, стиснутой с обеих сторон отвесными скалами, идущие, не сговариваясь, оглянулись в сторону ледника и ущелья Шайтана, затем молча перевели взгляд на величественные снежные хребты, расстилающиеся за перевалом, на севере.

— Ну что, пора пошуметь, капитан! — Шальнов показал на снеговые козырьки над стиснувшими перевал скалами. — Эти сугробы нам очень даже на руку...

— Да, да, пора! — отозвался Савелов, доставая портативный радиопередатчик.

Шальнов покачал головой и полез в рюкзак.

— Подожди, капитан, — сначала мое соло, — пробурчал он, раскладывая на снегу четыре противотанковые мины в пластиковых оболочках. Чуть позже к ним прибавились взрыватели, мотки бикфордова шнура и две упаковки пластидной взрывчатки.

— Жди меня вон за той горкой! — показал Шальнов на выступающий из-под снега небольшой утес за перевалом. — Пока я это горло закупоривать буду...

— Думаешь, получится? — с сомнением в голосе спросил Савелов, опасливо косясь на снежные козырьки.

— Я не Сашка Громыхала, но попробую, — пожал плечами Шальнов и вновь кивнул за перевал. — Дуй, говорю, к горе, капитан!

Неуклюже топая по насту и часто оглядываясь, Савелов спустился к утесу. Шальнов тем временем начал устанавливать мины в расщелинах скал по обе стороны седловины. Вкрутив в мины взрыватели, он прикрепил на них по упаковке пластидной взрывчатки и потянул под перевал две жилы бикфордова шнура.

Убедившись, что огонь от покрытой парафином спички побежал по шнурам, он схватил рюкзак и, кувыркаясь, скатился по перевалу вниз. Несколько ударов, слившихся в один мощный взрыв, застали его на полпути между утесом и седловиной перевала.

Огромной силы взрывная волна, накатившаяся вперемешку со снежным вихрем, скрыла Шальнова от наблюдающего за происходящим из-за утеса Савелова. Вслед за взрывами на седловину с двух сторон с оглушительным грохотом обрушились снежные лавины с сорванными с утесов многотонными каменными глыбами и, как пробкой, закупорили перевал.

— На лошадях Абдулло здесь теперь не прорвется, а на своих двоих им за нами не угнаться, да и не любят они соваться на ледники, — сказал появившийся перед Савеловым, как черт из табакерки, Шальнов. — Так что ноги в руки, капитан, и бегом вперед!

Проваливаясь через тонкий наст и оскальзываясь на многочисленных буграх, они, не оглядываясь, пошли на север. Туда, где сверкали алмазными гранями снежные вершины Памира...

* * *

Река то широко растекалась по отмелям, то шумно бурлила между тесно сомкнувшимися скалами ущелья. Большой плот на удивление маневренно обходил торчащие тут и там из пенной воды каменные глыбы. Временами он ровно плыл по стрежню реки, иногда уходил к берегам под тень буйной растительности. Ловко орудуя вытесанным из бревна рулевым веслом, старик переходил с одной стороны плота на другую, направляя его по только ему известному фарватеру. Время от времени он покрикивал на курдючных овец, нарушающих его равновесие и постоянно сбивающихся на одной стороне плота у копны сочной зеленой травы, под которой были укрыты люди...

Ненавязчивую красоту прибрежной природы вдруг нарушили остовы нескольких торчащих из воды грузовиков, бронетранспортеров и даже опрокинутый танк с разорванными гусеницами. Сарматов, лежащий под копной рядом с прикованным к нему американцем и наблюдающий за рекой сквозь щели в досках ограждения, сказал:

— В восемьдесят втором здесь велись жестокие бои с Хекматиаром.

Американец кивнул. По всему было видно, что он тоже об этом знает.

— Ты участвовал в них? — спросил он Сарматова.

— Участвовал, да только не здесь...

Американец бросил на него косой взгляд.

— Понимаю! — с ухмылкой произнес он. — В Анголе — лейтенант кубинец Санчес, в Мозамбике — капитан Кригс, в Никарагуа — капитан сандинистов Алварес, в Афганистане — майор Степовой, Вологдин, Платонов... теперь Сарматов! Надо же, в моем департаменте почему-то никому не приходило в голову, что это один и тот же человек!..

— Так я и сам в этом не уверен! — усмехнулся Сарматов и, в свою очередь, насмешливо стал перечислять послужной список американца: — В Анголе — Смит, в Мозамбике — Браун, в Никарагуа — пастор-миссионер Френсис Корнел, эсквайр... Как говорят казаки, мы с тобой тухлые яйца из одной корзины, полковник!..

— По крайней мере, меня несколько утешает, что мою карьеру оборвал суперпрофи типа тебя, а не какой-нибудь солдат, которому просто повезло!

— Да, насчет карьеры ты верно подметил, — саркастически заметил Сарматов. — Засвеченный разведчик — уже не разведчик!..

— Угу, — пробурчал американец. — Ты мне лучше скажи, майор... Дело-то уже прошлое... Ведь это ты запалил жаровню тогда, в Никарагуа?

— О чем же это ты говоришь, полковник?.. — неподдельно изумился Сарматов. — Никак в толк не возьму...

— Да ладно, майор! Все ты прекрасно понимаешь! Я говорю о той жуткой ночи, когда нежданно-негаданно взлетели на воздух емкости с бензином и пламя сожрало казармы вместе с нашими парнями...

— Признаться, мы с нашего берега видели тогда зарево над сельвой, — задумчиво ответил Сарматов. — Думали, что это молния ударила.

— Молния могла ударить в емкость! — усмехнувшись, согласился американец. — Но она не могла поднять в воздух вертолет со взрывчаткой и бросить его на склад боеприпасов. К тому же гроза началась на несколько минут позже... Впрочем, в докладе для ЦРУ я обвинил молнию, так как доказательств русского или кубинского следа у нас не было.

— А если бы были?.. — заинтересовался Сарматов.

— Тогда у меня возникли бы серьезные осложнения, — ответил американец.

Сарматов фыркнул и продолжил наблюдать сквозь траву за стариком, неторопливо управляющим плотом.

Аксакал, взглянув на поднявшееся в зенит солнце, решительно направил ковчег к берегу и приткнул его к камням под высокой, нависшей над рекой скалой. Прихватив небольшой коврик, он сошел на берег и, расстелив его, приступил к полуденному намазу.

Внезапно начался камнепад. Аксакал вздрогнул, но молиться не перестал.

— Старый ишак Вахид, — раздался сверху насмешливый, хриплый голос. — Твои бараны еще не наполнили жиром курдюки, а ты уже везешь их на базар?!

Старик не ответил ничего, пока не закончил молитву.

А потом, сложив коврик, он возвратился на плот и только после этого поднял замотанную чалмой голову и устремил пронзительный взгляд на вершину скалы. Там крутились на пританцовывающих лошадях несколько всадников.

Ближе всех к обрыву был толстый, не слишком молодой мужчина на гнедом ахалтекинце, одетый в пестрый халат, перепоясанный пулеметными лентами.

— Бараны мои, Абдулло, когда хочу, тогда и продаю их! — с вызовом ответил ему аксакал.

— Продашь, не забудь вернуть мне долг, а то с тобой случится то же, что и с твоими глупыми сыновьями, спутавшимися с русскими! — пригрозил Абдулло.

— Старый Вахид ничего не забывает, Абдулло! — тихо в белую бороду произнес старик и оттолкнул веслом плот от прибрежных камней.

— Ты не видел на реке чужих людей, Вахид? — спросил кто-то из свиты Абдулло.

— Не видел чужих, — ответил старик и потряс «буром». — На чужих у Вахида есть вот что...

Ответ старика вызвал смех у всадников, но громче всех засмеялся толстый Абдулло.

— Грязный шакал, питающийся падалью!.. — заскрипел зубами себе под нос старик и, посмотрев на копны, под которыми замерли чужеземцы, прошептал: — О Аллах! Прости мне мой грех. Укроти ярость сердца моего и защити меня от шайтана.

Когда скала осталась далеко за поворотом реки, старик обратился к Алану:

— Молодой гюрджи понял, что Абдулло с нукерами рыщет рядом, как волк?

— Я осетин, ага! — отозвался из копны на фарси Алан. — Мы все поняли, спасибо!..

* * *

Десятка три всадников на взмыленных конях, с трудом преодолев распаханный неровными прерывистыми бороздами ледник, остановились перед седловиной перевала, заваленной многометровой стеной снега, льда и камней.

— Абдулло, кони здесь не пройдут! — сказал бородатый наездник в грязной растрепавшейся чалме, обращаясь к толстому седоку на пританцовывающем темно-гнедом ахалтекинце. Он показал камчой на завал. — Гяуры взрывами завалили перевал и, я так думаю, поставили наверху мины.

— Ну, и чего уставился на этот перевал, как баран? — заорал Абдулло. — Расчищай, взрывай — я не собираюсь терять миллион долларов из-за твоей глупости, Гафур!

— Почему из-за моей глупости?! — вскинулся бородатый.

— А кто мне говорил, что проверил все ущелье Шайтана, разве не ты, старый вонючий козел? — прошипел сквозь гнилые зубы Абдулло и наотмашь ударил Гафура камчой по лицу.

— Оставь Гафура в покое, Абдулло!.. Даже если к концу дня расчистим проход, то все равно не догоним их! — сказал по-русски рябой всадник. Хотя на голове его возвышалась чалма и был он одет в халат, все равно было видно, что человек этот не местный и, скорее всего, славянин. — За перевалом ледник... Говорил тебе, что лошадей подковать надо!..

— Абдулло! — воскликнул спрыгнувший с коня молодой нукер. — Смотри! — Он показал на следы двух пар солдатских башмаков, четко читаемых на белом снегу низинки. — Двое их тут прошли, наиб...

— Двое... — растерянно протянул Абдулло и вопросительно посмотрел на русского. — А остальные куда делись? Что скажешь, Леха?

— Я что, ясновидящий тебе?! — огрызнулся тот. — Может, вон под той лавиной прилегли поспать навечно! — кивнул он на снежные завалы под склоном. — А может, эти двое, что здесь потоптались, навроде куропатки, фуфло толкают...

— Какой еще куропатки?.. — не поняв, переспросил Абдулло.

— Той самой! Она сама под руку лезет и тут же косяка в сторону дает... — размахивая руками, ответил рябой.

— Абдулло тебя не понимает, Рябой...

— От птенцов она так хищников уводит. Чего здесь понимать?! И спецназовские волчары, когда надо, мастера на такие хохмы... Да что я леплю — ты ж, говорят, сам в ментовской шкуре кантовался, а, Абдулло?..

— А ты где кантовался, Рябой? — обнажил в ухмылке гнилые зубы Абдулло.

— Я-то?.. Будто не знаешь?.. Леха Рябой твою наркоту через Пяндж на своем горбу целую пятилетку таскал, чтобы, так сказать, разлагать молодых строителей коммунизма, — ухмыльнулся тот в рыжую бороду. — Житуха, Абдулло, была во-о, как при коммунизме!.. Таджички и узбечки сами штаны спускали за грамм марафета, не говоря уже о Наташках, — те, сучки, под Леху Рябого ложились штабелями...

— А потом в чимкентской зоне Леха Рябой сам штаны спускал перед любым коблом за полграмма гашиша! — зло оборвал его Абдулло.

— А тебе-то что? — пробормотал Рябой. — Я теперь правоверный — и что, плохо служу тебе?..

— Харашо служишь, Леха, душой и телам! — ухмыльнулся Абдулло и показал на завал: — Давай лезь туда, ищи мины!

— Спецназовские волкодавы тебя вокруг пальца, как баклана, обвели, Абдулло! — побледнев, крикнул тот. — Не поволокут они через памирские ледники такой дорогой груз... В ущелье их, сук, искать надо! Далеко они уйти не могли!..

— Ну смотри, Рябой! Если врешь, Абдулло твою глупую ишачью башку резать будет, уши и нос резать будет! — прошипел Абдулло и погнал ахалтекинца назад, в сторону ущелья.

* * *

Быстрый и коварный борей нес снежную порошу. Он завывал и плакал, как раненый дикий зверь, терзая леденящим холодом идущих, высекая из их глаз тут же замерзающие на щеках слезы. Крошился под ногами снежный наст, катилось слева, клонясь к вершинам, закатное солнце, отбрасывая от всего длинные контрастные тени. Идти было невыносимо трудно – Савелов и Шальнов еле переставляли ноги, задыхаясь в разреженном до предела воздухе.

Шальнов шел чуть впереди. Бредущий позади него Савелов оскользнулся и упал на ледяную проплешину.

– Дышать нечем! – прохрипел он склонившемуся над ним Шальнову. – Все отдал бы за глоток воздуха!..

– Чего ты хочешь! К четырем тысячам над уровнем моря подбираемся, – выдавил тот потрескавшимися губами и посмотрел сквозь обмороженные, распухшие пальцы на уходящее за вершину закатное солнце. – Отдышись и выходи в эфир, капитан, пора! Ори открытым текстом все, что думаешь о советской власти!

– Однажды старого чукчу спросили, что он думает об этой самой советской власти, – нашел в себе силы улыбнуться Савелов.

– И что?

– Баба она хорошая, сказал чукча, но живет, однако, очень долго! – зло прохрипел Савелов и поднес к губам микрофон радиопередатчика. – Всем погранзаставам Памира... Всем погранзаставам Памира! – глубоко вдохнув, произнес он. – Я капитан Савелов... Я капитан Савелов... Всем, кто слышит меня: немедленно сообщите в центр... Нахожусь на сопредельной стороне в квадрате одиннадцать –

четыре, два... Имею ценный заморский груз... Обеспечьте эвакуацию... Обеспечьте эвакуацию... Повторяю... Всем, кто слышит меня...

И несся хриплый голос Савелова над сверкающими контрастными гранями заснеженными пиками хребтов, над бликующими под алым закатным небом ледниками, над затянутыми сизой дымкой глубокими ущельями, отвесными стенами скал и моренными осыпями, над извилистой лентой пограничной реки Пяндж...

* * *

До разморенного вечерней духотой молоденького сержанта – радиста Хорогского погранотряда – не сразу дошел смысл того, что он только что услышал в наушниках. С трудом раскрыв слипающиеся глаза, он включил громкую связь.

– Я капитан Савелов. Нахожусь на сопредельной стороне в квадрате одиннадцать – четыре, два... Всем, кто слышит меня: имею ценный заморский груз... Немедленно сообщите в центр... Сообщите в центр... – бился в радиорубке заглушаемый ветром памирских ледников, хриплый, срывающийся голос Савелова. – Обеспечьте эвакуацию!.. Обеспечьте эвакуацию!..

Записав услышанное, сержант опрометью выскочил из радиорубки.

Загорелый полковник растерянно повертел в руках бумажный листок. Он беспомощно посмотрел на такого же загорелого, мускулистого и подтянутого подполковника.

— Всю душу в клочья изорвал мне этот капитан Савелов, через каждый час в эфир выходит — вертушку требует и про ценный заморский груз толкует...

Подполковник раздвинул шторы, скрывающие карту участка советской границы с сопредельной стороной, и огорченно произнес:

— На вертушке мимо!.. Лопастям не за что ухватиться — высота четыре тысячи... А что Москва, товарищ полковник?..

— Москва! — вытирая пот, вздохнул тот. — Сначала: знать ничего не знаем, а через час, видно, кипеж на Лубянке, переполох... Звонят: спецгруппу к вам завтра высылаем, обеспечьте прием, найдите проводника в тот долбаный квадрат... Видать, и впрямь ценный груз у капитана Савелова.

— Странно! — протянул подполковник. — Уж очень-то он во всю ивановскую кричал: я тут, на леднике, и груз при мне... У меня лично такое впечатление, что он «духов» на себя отвлекает... Здесь, мол, заморский груз, здесь, все ко мне!..

— Хрен его поймешь!.. — развел руками полковник. — Не подсадная ли утка?.. Пошлем вертушку, а там ее «душки» цап-царап!..

— Не похоже! — покачал головой подполковник. — А на Лубянке, говоришь, кипеж?..

— Еще какой! Давненько ничего подобного не было!

— Тут такое дело получается, Сергеевич! — после паузы произнес подполковник. — Пока московская спецгруппа прилетит и в тот квадрат доберется, в кочерыжку превратится наш капитан. Там, на леднике, сейчас градусов двадцать-тридцать... Стало быть, их кипеж выйдет по нулям...

— Ты к чему это клонишь, разведка? — нахмурился полковник. — Не могу я разрешить тебе идти на тот ледник... Ограниченный контингент, воюем там и всякое такое — оно нас не касается. Для нас, погранцов, сопредельное государство есть сопредельное, и шастать туда-сюда через его границу нам не положено.

— А если, так сказать, в порядке шефской помощи, а, Сергеевич?.. Сам говоришь: кипеж у них там...

— Запретили они нам, Сизов, встревать в их дела! — почти простонал Сергеевич. — Замполит, хорек вонючий, тут же командующему настучит, и полковника Захарчука под зад коленом, а ему до пенсии каких-то семь месяцев!..

— Значит, так! — решительно перебил его подполковник. — Я с семью-восемью парнями — старослужащими из разведбата — без твоего разрешения через час гружусь в вертушку и лечу как можно дальше в ту сторону... Хорошо, если бы нас выбросили вот здесь, у подножия ледника, – показал он точку на карте. – А дальше уж мы как-нибудь сами – пехом... К завтрашнему полудню, думаю, если «духи» не помешают, пожмем мужественную руку капитана Савелова. А ты уж за нами вертушку пришли, куда и когда попросим. Лады, Сергеич?

– Куда же на ночь глядя-то! – простонал Сергеич. – И в охотку тебе?!

– Люди ведь там погибают, что поделаешь! – вглядываясь в карту, хмуро отозвался подполковник Сизов.

– Что я, не понимаю, что ли, что они погибают? – еще больше обливаясь потом, простонал полковник. Внезапно он вскочил, и, схватив свою зеленую фуражку, устремился к выходу. – Я к вертушке медвежий жир вам подвезу!.. Ворвань, по-нашему, по-сибирскому, это первое дело при обморожениях. Хотел выбросить, да подумал: ан, кому сгодится... Сами морды и руки смажьте, и тех, что на леднике, если живыми застанете, сразу им разотрите...

* * *

Подполковник Сизов, одетый в кожаный летный шлем и меховую куртку, пожал в УАЗе руку полковника Захарчука и упругим шагом направился к строю одетых в зимние куртки, ушанки и обутых в кирзачи солдат.

— Товарищ подполковник, добровольцы разведбата... — начал рапортовать белобрысый старший сержант.

Подполковник взмахом руки прервал рапорт.

— Ребята, до дембеля, как говорится, с гулькин нос — свое вы отпахали, так что я вас не неволю! — прокричал он, стараясь перекрыть голосом свист вращающихся лопастей вертолета. — Как-никак на сопредельную сторону идем, а не к теще на блины...

— Кайфа и вправду мало, батя, — отозвался кряжистый прапорщик. — Но не салагам же из учебки туда соваться!..

— Значит, никто не хочет остаться?

— Нет! — в один голос откликнулся строй.

— Быть по сему! — рубанул воздух подполковник. — Проверить оружие, связь и обувь!

— Проверили...

— Стало быть, загружа-а-айсь!..

Солдаты по очереди стали нырять в утробу вертолета, и тот, взмыв вверх, сразу взял курс на отвесные, окрашенные закатным солнцем крутояры сопредельной стороны.

— Что здесь происходит? — бросил полковнику Захарчуку, смотрящему вслед улетающему вертолету, подъехавший на черной «Волге» дородный полковник в парадном, с иголочки, мундире. — По чьему такому приказу без согласования с политотделом седьмой борт ушел на сопредельную сторону?

— По самому главному солдатскому приказу — по приказу совести, — не отрывая взгляда от улетающего в закат вертолета, через плечо бросил тот и, усмехнувшись, добавил: — Пионерам красные галстуки, говоришь, повязал, замполит?

— Что вы о красных галстуках? — раздраженно буркнул тот. — Я вас про седьмой борт...

— И речь ребятишкам толкнул?

— Толкнул, толкнул...

— Тогда поезжай в штаб вонючку на меня строчить, поезжай, замполит!..

— Партизанщину в погранотряде развели и думаете, сойдет вам с рук! — взвился тот.

— Ох, не сойдет! — вздохнул Захарчук. — Ты поезжай, стучи, а я буду у летунов, на связи с седьмым бортом.

Отвернувшись от замполита, он до рези в глазах стал вглядываться в закатные сполохи, в которых вот-вот должен был раствориться вертолет — маленький черный комарик на фоне величественных закатных хребтов, улетающий в их ночную, леденящую душу неизвестность...

* * *

Лежа под копной, Сарматов и американец сквозь щели в ограждении смотрели на раскрывающуюся красоту горной афганской реки, которая то бросала им в глаза отраженные водой снопы солнечного света, то внезапно открывала таинственные и тревожные повороты, скрывающие неизвестные опасности.

Затянувшееся молчание нарушил американец:

— Скажи, майор, ведь ты профи, а у тебя одна комната и нет денег... Не понимаю...

— Что ты не понимаешь? Не понимаешь, что Отечество не в твоих сраных баксах и не в особняках с бассейнами? — раздраженно бросил Сарматов.

— А-а, опять русский идеализм! — усмехнулся американец. — Только объясни мне, майор, что ищет твое Отечество в Африке, в Латинской Америке, здесь, наконец?

— А твое? — вопросом на вопрос ответил Сарматов. — Только не начинай со мной душеспасительную беседу о демократических ценностях и правах человека!..

— Здесь и везде мы сдерживаем вашу экспансию...

— И заменяем ее на свою! — подхватил Сарматов. — Знаешь, полковник, здесь не самое лучшее место и время для выяснения истины!.. А она, по-видимому, в том, что в будущем мире лучшие шансы выжить у того, кто владеет сырьевыми источниками. Их мало у Америки и мало осталось в остальном мире, зато они есть у России. Но прибрать их к рукам вам мешает присутствие в России русских.

— Я не понимаю, о чем ты говоришь... — Американец с интересом ждал продолжения разговора.

— Понимаешь! — зло усмехнулся Сарматов. — Мне известно, что ты прикладывал руку к программам «Голоса Америки» и прочим «вражьим голосам»...

— Это так! — кивнул американец. — Я специалист по русским!

— Вы на весь мир кричите о нарушении прав человека в России, но только о нарушении прав инородцев, а нарушения прав русских вы в упор не видите и никогда не видели. И действительно, какое вам дело до разоренных социализмом русских деревень, до несчастных русских стариков и старух, умирающих без медицинской помощи. А эта волна русофобии?.. От русских требуют какого-то покаяния, даже за то, что они сломали хребет Гитлеру. А ведь мы-то с тобой изучали в академиях, что проведению крупной политической и военной акции предшествует пропаганда против населения противника с целью его дезориентации и подавления воли к сопротивлению. И заметь, вы ее ведете против русских, а не против казахов, узбеков...

— Уж не считаешь ли ты, что перестройка — наша акция против России?

— Да, честно говоря, я не знаю, что это такое. Но хорошо знаю, что вам это выгодно. Единственное могу сказать, что благодаря ей и мы наконец освободились от большевизма. А это, поверь мне, уже великое благо.

— В Америке большинство людей до сих пор считает, что русские и большевики — это одно и то же.

— Мало ли что вы там, в своей Америке, считаете! — зло усмехнулся Сарматов. — Вот, например, до сих пор думаете, что это вы разгромили Гитлера! Вообще, что вы в вашей сытой Америке можете знать о русских?

— Я считал, что знаю вас, — после минутного молчания продолжил разговор американец. — Но, влипнув в эту историю, понял, что не знал вас совсем... Хотя о большевизме я все же могу судить...

— О большевизме! — повторил Сарматов, глядя куда-то вдаль, и добавил, повернувшись к полковнику: — Я выбрал время и поехал на Дон, в родную станицу, из которой уехал пацаном в Суворовское училище... Хожу на юру по-над Доном, ищу кладбище, где родичи похоронены. Вокруг лишь земля распаханная, да и распаханная-то с огрехами. Старуха козу пасет — спрашиваю: бабуля, вроде бы кладбище здесь было? «Было, — ответила она. — Дорогу тут хотели вести, вот и запахали могилки-то. Потом передумали и в обход станицы ее пустили. Довели ее до болот, там она и утонула...» Что это, большевизм или просто человеческий идиотизм?

— Я думаю, что, пока в вашей стране остаются коммунисты, такого рода идиотизм будет продолжаться, — сказал полковник. — Пока они у власти, у твоего народа, у тебя лично нет и не будет ни прошлого, ни будущего. И я не понимаю, почему ты служишь этой красной дряни.

— А кто тебе сказал, что я им служу?.. Я служу Отечеству. А у него есть и прошлое, и будущее.

— Ты надеешься на то, что вам удастся избавиться от коммунистов? — недоверчиво спросил американец.

— Ни к черту работают ваши аналитические центры, сэр!.. Тебе же должен быть знаком закон философии, гласящий, что внутри любой замкнутой системы возникает антисистема и в конце концов разрушает ее... А у нас антисистема всегда функционировала.

— Что-то уж больно медленно она у вас функционирует!

— Видишь ли, мы иначе устроены... У вас — «я», у нас — «мы». У вас — государство для меня, у нас — я для государства, мы — для государства. Иначе люди на наших просторах не выжили бы. Внешняя угроза от Германии, от Штатов в послевоенные годы отодвигала сопротивление системе на второй план. Ладно, мол, потерпим — лишь бы государство сохранить в целости, лишь бы войны не было. Хочешь ты того, не хочешь, но объективно, сэр, ведомство в Лэнгли продляло время большевиков...

— Кажется, я начинаю понимать, о чем ты говоришь...

— Если кажется, то перекрестись! — насмешливо заметил Сарматов. — Я предлагаю тебе заглянуть еще дальше в прошлое. Вспомни о том, что в самом начале власть Ленина питалась долларами господина Хаммера, долларами Америки...

— Протестую! — воскликнул американец. — То был выгодный бизнес отдельных предпринимателей!

— Бизнес на русской крови! — уточнил Сарматов.

Американец посмотрел сквозь щель на реку, солнечные блики ударили ему в глаза. Он хотел заслониться от них правой рукой и вскрикнул от боли — рука была прикована браслетом к руке Сарматова.

— Майор, ответь мне на один вопрос... Почему ты так откровенен со мной? — раздраженно спросил полковник. — Ведь я могу не выдержать прессинга мясников Лубянки и сдать тебя с потрохами!..

— В таком случае тебе придется сдать пол-Лубянки! — засмеялся Сарматов. — Что до моей «откровенности» — она хорошо известна моему командованию.

— Ты профи, и твое начальство многое позволяет тебе, да?

— Думай как хочешь...

— Последний вопрос, майор!.. Тебя натравили именно на меня. Может, поделишься, какую информацию рассчитывает выбить из меня Лубянка?..

— Это уже не мои проблемы, полковник! — пожал плечами Сарматов. — Мне нужно лишь доставить тебя, а кому и зачем ты понадобился — не моего ума дело.

Разговор прервал старик. Он наклонился и положил перед Сарматовым и американцем два куска овечьего сыра и две лепешки.

— Мало-мало кушать надо! — прошептал он и снова закрыл их травой.

Сарматов пододвинул сыр и лепешку американцу.

— Подкрепись, полковник, ведь мы с тобой всего лишь бойцовые псы и наше дело по команде «фас!» впиваться друг другу в глотки, а для этого нужны силы и холодная голова...

— А разве тебе не знакома ненависть к противнику? — уплетая сыр со здоровым аппетитом, спросил американец.

— Ты, наверное, имеешь в виду свою драгоценную персону? Я, по-твоему, обязан тебя ненавидеть? — усмехнулся Сарматов. — Знаешь, это непозволительная роскошь. Да и с чего, если разобраться, мне тебя ненавидеть?

— Странно!.. — задумчиво сказал полковник. — Я вот тоже к тебе особенной неприязни не испытываю, несмотря на то, что наше путешествие романтическим никак не назовешь.

Между тем старик начал что-то быстро говорить. Алан еле успевал переводить:

— Начинается место, которое зовется «пасть шайтана», — надо быть ко всему готовым, так как у шайтана много способов погубить правоверных.

И действительно, скоро плот попал в узкую горловину, образованную подступившими вплотную отвесными скалами. Будто сорвавшийся с привязи, несся он в ревущем, пенном потоке. Затем внезапно остановился и перекрутился, зацепившись о подводные камни. Общими усилиями плот с трудом удалось снова столкнуть в воду. Старик с беспокойством посмотрел на сбившихся в тесную кучку баранов и перевел взгляд на быстро темнеющее серое небо, по которому чертили круги похожие на черные кресты грифы.

— Гюрджи, из Аравии идет красный самум! — прокричал Вахид и показал на дрожащих от страха баранов. — Бараны в кучу сбились — самум идет!

Алан перевел слова старика. Сарматов помрачнел:

— Похоже, из огня да в полымя, мужики! Красный самум — это серьезно!

— Как песчаная буря в Сирии, что ли? — поинтересовался Бурлак.

— Сложи десять таких бурь вместе, тогда, может быть, получится нечто похожее! — ответил Сарматов и скомандовал: — Снимайте все с себя и заматывайте оружие, не то век его не отчистите!

Алан и Бурлак тут же стянули с себя куртки и тельники и замотали в них оружие, а старик расстелил коврик и начал молиться.

Вверху, в разрыве между скалами сначала появились длинные мечущиеся косы. Овцы, люди, зеленые копны сразу стали красными от похожего на пудру песка. А мечущиеся косы заполнили всю горловину реки, и через мгновение не видно было ни неба, ни скал, ни реки... Под тяжестью песка плот все глубже и глубже погружался в воду. Закончивший молитву старик еще пытался управлять им, но в кромешной ревущей темноте это представляло собой явно бессмысленное занятие. Песок, всюду красный песок. Сарматов чувствовал, что еще мгновение — и он задохнется. Разум постепенно погружался в зыбкий туман.

Американец дернул Сарматова за руку и показал подбородком на браслет. Сарматов, собрав последние силы, отстегнул его, и янки, стряхнув с себя песок, начал молиться.

— Сармат, смотри — янки-то вроде бы крестится по-нашему, по-православному! — заорал в ухо Сарматова Бурлак. И это было последнее, что слышал майор.

Летит куда-то плот, рев самума и рев реки сливаются в одну леденящую душу мелодию. Засыпанным песком овцам и людям не оставалось ничего другого, как только покорно ждать своей участи.

И в этот момент плот провалился куда-то в бездну. Кипящие, бешеные валы слизывают с него сугробы песка и нескольких овец.

Лишь на один миг показались их головы в водовороте и исчезли во мраке.

В какой-то момент падение прекратилось, но теперь неведомая сила потянула плот куда-то вверх. Через несколько минут движение приостановилось, и сразу на людей обрушилась тишина.

* * *

— Мужики, где мы — ни зги не видать! — разломал тишину голос Бурлака.

— В аду, наверное! — ответил Сарматов. — Куда нас еще пустят, с нашими-то грехами!..

Вахид что-то сказал Алану, и тот, выслушав его, перевел:

— Он утверждает, что Аллах проявил к нам великую милость и направил плот в ответвление реки, идущее к людям горы...

— А на чьей стороне они воюют? — спросил Бурлак.

— Они вообще не воюют... Вахид сказал, что глупые люди зовут их шайтан-бала и обходят стороной это место, но он клянется Аллахом, что люди горы — добрые люди, только они не похожи на нас и у них свой бог.

Старик снова что-то горячо сказал Алану.

— Моджахеды считают, что убить стольких курбаши и украсть американца могли лишь шайтан-бала, то есть эти люди горы. Но Абдулло не верит этому, потому что он не верит ни в Аллаха, ни в шайтана...

— Блин, опять этот Абдулло! — чертыхнулся Бурлак.

Медленное течение уносило плот дальше и дальше, и уже совсем не было слышно грозного рева самума, лишь доносился плеск воды меж расшатанных бревен.

— Свет, мужики! — раздался возглас Бурлака.

И действительно, впереди обозначилось дрожащее зарево, масляно отражающееся на спокойной поверхности воды и вырывающее из кромешного мрака молочно-белые сосульки сталактитов, свисающие со свода тоннеля. Внезапно где-то рядом родился непонятный гул, который постепенно нарастал. И вот уже прямо на плот неслись какие-то тени.

Сарматов едва успел остановить вскинувшего автомат Бурлака:

— Не стреляй! Это же летучие мыши, Ваня!

— Чтоб им пусто было! — чертыхнулся тот. — Я уж думал, что это из «мухи» по нам врезали!..

Тем временем мерцающее зарево приближалось все ближе и ближе, и вот уже становилось понятным, что оно исходит от укрепленных на стене тоннеля факелов, освещающих кованую железную решетку. Решетка перекрывала тоннель, перегораживая подземную реку. Когда плот приблизился, решетка поднялась вверх и, пропустив его, так же бесшумно опустилась.

– Не по нутру мне все эти игры! – проворчал Бурлак. – Из одной мышеловки в другую угодили!..

– Ну, что, ребята, ничего нам не осталось, как только поручить наши грешные души ихнему Аллаху! – усмехнулся Сарматов и оглянулся по сторонам. – Такое чувство, что нас вовсю просвечивают рентгеном!..

– Странно, но мне тоже так кажется! – присоединился к нему Алан.

– Главное – не дергаться! Спокойно, ребята! – предупредил майор.

Подземная река уходила куда-то в сторону, и на самом повороте плот прибило к причалу, вытесанному из камня. Едва Сарматов, американец, Бурлак, Алан и старый Вахид сошли с плота, как раздался многократно отраженный эхом приближающийся собачий лай. Огромные лохматые псы стаей вылетели из-за поворота. Бойцы схватились за оружие, а американец в ужасе прижался спиной к стене. Когда псы были совсем близко и начали лязгать острыми зубами, откуда-то сверху раздалась повелительная команда на непонятном языке, и собаки сразу потеряли враждебность. Дружелюбно виляя хвостами, они окружили оцепеневших людей, а их вожак, бросив Сарматову на плечи мощные, когтистые лапы, старательно вылизывал его лицо.

— Е-е-е мое-е-е!.. — только и мог выдавить из себя Бурлак.

— Спокойно, ребята! По-моему, к нам пожаловали хозяева этих милых собачек, — шепотом предупредил Сарматов.

По парапету шла группа странных, обнаженных по пояс и вооруженных до зубов людей.

Алан, глядевший на них широко открытыми глазами, вдруг взволнованно воскликнул:

— Ваня, это же марсиане!..

— Как бы твои марсиане опять козлами не оказались! — драматическим шепотом ответил тот.

— Господи, в жизни ничего подобного не видел! — вырвалось у Сарматова. Он повернулся к Вахиду, как бы требуя у него объяснения происходящему. Тот успокаивающе потряс белой бородой.

Странные люди по-восточному церемонно поприветствовали Вахида, потом обступили четверых чужеземцев. Кто-то из пришедших зажег факел, и новоприбывшие получили возможность разглядеть «инопланетян»... Перед ними были мужчины двухметрового роста, с мощными длинными торсами, неправдоподобно короткими ногами и непропорциональными туловищами. Из-за непомерно широких плеч люди казались похожими на остроугольные треугольники. Но более всего привлекало внимание другое — у представителей этой никому не известной расы была иссиня-черная кожа, а на плоских, явно монголоидных лицах сияли изумрудные, приподнятые уголками к вискам глаза. Волосы у них были черные и курчавые, как у негроидов. Одним словом, чистые инопланетяне.

Хозяева подземного царства рассматривали прибывших с явным дружелюбием, перебрасываясь между собой отрывистыми короткими фразами.

— Я не понимаю их языка! — прошептал Алан Сарматову. — Это не пушту, не дари... Пожалуй, похож на древнеперсидский... Но он давно исчез.

Один из «инопланетян» что-то сказал Вахиду. Тот, в свою очередь, перевел сказанное Алану, который сразу растолковывал услышанное.

— Хранитель и толкователь священного закона Авесты, вождь племени людей горы старый Ассинарх просит чужеземцев дать согласие на его защиту и приглашает быть его гостями.

— Какие вопросы? — пожал плечами Бурлак. — Попробуй тут не согласиться! Против его амбалов не попрешь!

— Спокойно, Ваня! — остановил его Сарматов и обратился к Алану: — Переведи, что мы с благодарностью принимаем предложение вождя, как его там?.. — Он вопросительно посмотрел на Алана.

— Ассинарха, — подсказал тот.

— Вот-вот, предложение вождя Ассинарха и желаем мира и благоденствия людям его племени, большого приплода их скоту... удачи на охоте... — Сарматов на долю секунды задумался, не зная, чего еще стоит пожелать этим странным людям. Но тут его осенило, и он добавил: — И вечного огня в их очагах.

Последняя фраза, старательно переведенная Аланом Вахиду, а Вахидом «инопланетянам», вызвала неожиданное оживление в рядах людей горы — с их лиц исчезла настороженность, и, расплываясь в белозубых улыбках, они начали радостно хлопать прибывших по спинам и жать им руки, но главное — они закинули за плечи свое оружие.

Тоннель уходил в глубь горы. Именно туда двинулись Сарматов и его люди. К сопровождающим их воинам по пути присоединялись, появляясь из бесчисленных ответвлений тоннеля, все новые и новые обитатели. Среди них было много детей. Детская возня и смех, усиленные эхом, отраженным от каменных сводов, напоминали журчание весенних горных ручьев и гасили возникшее было у бойцов чувство тревоги. Раз «инопланетяне» не побоялись вывести своих детей, значит, они действительно относятся к ним дружелюбно, думали они.

Через полчаса пути тоннель закончился монолитной стеной, в центре которой была отчетливо видна массивная двустворчатая дверь, украшенная изображениями диковинных зверей и птиц. По обе стороны двери стояли, не шелохнувшись, два гиганта-воина с перекинутыми через плечо шкурами снежного барса, под которыми поблескивали древние бронзовые латы. В руке одного гиганта был изогнутый, с волнообразными лезвиями меч. Другой держал щит, на котором красовался, вероятно, герб племени.

— Неужели это они! — изумился американец. — Но этого не может быть! Они давно исчезли!

— Кто — они? Может, объяснишь толком? — спросил его Сарматов.

Ответить полковник не успел — через открывшуюся дверь на них обрушилось неземной красоты женское пение в сопровождении такой же непередаваемо прекрасной музыки. По примеру сопровождающих, пришельцы оставили у стены тоннеля свое оружие, прошли мимо неподвижных стражей и вошли в дверь. Перед ними возникла высеченная из камня лестница.

Долгий подъем по ступеням закончился арочным входом в огромный зал, потолки которого по краям подпирали монолитные колонны, украшенные каменными виноградными листьями. В центре зала находилось рукотворное озеро с многоструйным фонтаном и берегами из коричневой яшмы и изумрудно-зеленого малахита. Мощные струи фонтана били под углом, и на их пересечении, высоко над поверхностью озера, казалось, чудом держался хрустальный шар. Он медленно раскручивался по часовой стрелке, переливаясь всеми цветами радуги, отражая пламя многочисленных факелов, укрепленных на стенах зала. Исходящий от шара отраженный свет окрашивал ударяющие в него струи то в фиолетовые, то в желтые, то в голубые цвета. Когда наступало время красного цвета, казалось, что внутри шара клокотала и рвалась наружу расплавленная магма. Отдельные языки пламени пробивались сквозь хрустальную оболочку и зловещим светом играли на старинном оружии, украшающем стены зала.

Полюбовавшись невиданным зрелищем, прибывшие разбрелись по залу, разглядывая развешанное по стенам оружие. Топоры, дротики, алебарды, бронзовые доспехи и щиты из толстой буйволиной кожи с непременным изображением языков огня в круге. Мечи и кинжалы всевозможной формы – прямые и изогнутые – занимали пространство стен до высоты трех метров.

Внимание Алана привлекли мечи с волнообразными лезвиями, но едва он протянул руку к одному из них, как раздался крик сына вождя. Он что-то сказал Вахиду, который, в свою очередь, перевел Алану, а тот остальным:

– Сын Ассинарха сказал чужеземцу, что прапредки их, исполняя волю единого бога животворящего огня Ахурамазду, чтобы искоренить зло, торжествующее над добром, напоили металл этих мечей страшным ядом, таким, что даже невидимая царапина вызовет мгновенную смерть.

— Стратегическое оружие древних! — откомментировал Сарматов. — Я читал об этом. Современная наука не может разгадать тайну их технологии.

— Не дураки были предки! — подмигнув майору, обратился к Алану Бурлак. — Может, их завезли все-таки с другой планеты, а?

— Слушай, говорю тебе — они марсиане, а ты: козел, козел! — откликнулся тот, возбужденно размахивая руками.

Внезапно за их спинами одна из стен стала уходить в скалу, открывая еще один зал, в котором полыхал большой костер. Перед ним на малахитовом троне восседал старец. Белоснежная длинная борода и такие же белоснежные волосы на голове подчеркивали черноту его изрезанного глубокими морщинами лица и неправдоподобно изумрудный цвет его раскосых глаз. Жестом руки старец подозвал прибывших. Когда те подошли, он обратился к старому Вахиду. Тот что-то стал отвечать старцу, постоянно кивая на Сарматова и его людей. Выслушав Вахида, старец пристально всмотрелся в лица бойцов, потом показал на белые длинношерстные шкуры гиссарских овец, устилающие каменный пол перед троном. После того как все уселись, он повел неторопливый разговор. Каково же было изумление Сарматова и остальных, когда они услышали, что говорит старец на чистейшем русском языке.

— Старый Ассинарх приветствует воинов Великой северной страны и просит их чувствовать себя в безопасности в его подземном жилище! — Заметив изумление на лицах Сарматова и его спутников, старец пояснил: — Давно, когда еще Великой северной страной правил белый царь, Ассинарх посетил его прекрасную столицу у холодного моря и познал язык его подданных. А книги, написанные на этом языке, часто помогают старому Ассинарху отыскивать путь добра в лабиринтах зла, лжи и алчности, в которых блуждают люди.

— Сколько же вам лет, многоуважаемый Ассинарх? — вырвалось у Сарматова.

— У людей моего племени не принято считать годы, — ответил старец. — Но когда была война с англичанами, Ассинарх был уже зрелым воином и вождем людей горы, не подчинившихся воинам английской королевы.

— Около ста, значит! — уважительно поглядывая на старца, заметил Бурлак.

— Простите за нескромный вопрос, — вновь вступил в разговор Сарматов. — А кто вы?.. Я был во многих странах, но нигде не встречал расы, похожей на вашу. Нужно сказать, что религия, которую вы исповедуете, мне тоже неизвестна.

Старец улыбнулся в бороду, на мгновение показав белые зубы, невероятно крепкие для человека, который живет на этом свете уже сто лет.

— Трудный вопрос, воин! Персы зовут нас гебрами, но мы не гебры. Индусы зовут нас парсами, но мы не парсы. Но как гебры и парсы мы веруем в бога животворящего огня Ахурамазду, поклоняемся пророку нашему Заратуштре и исполняем его священный канон Авесту, за что нас не любят люди этих гор, верные пророку Мухаммеду. Они считают нас детьми шайтана, потому что мы не похожи на них. В подлунном мире, воин, горе тому, кто осмелился быть похожим на самого себя.

— В Штатах не поверят, что я был у огнепоклонников — зороастрийцев! — воскликнул невпопад американец.

— В Штатах? — переспросил его Сарматов. — В таком случае с полным выздоровлением, сэр!

— Какие красивые голоса у ваших женщин! — сказал Алан, пытаясь понять, откуда льется неземная мелодия.

— Это не женщины — это поет ветер! — с мягкой улыбкой пояснил старец. — Проникая в трещины гор, в пустоты и в тайные лабиринты, оставленные прапредками, ветер рассказывает нам о стране, очень давно, еще до рождения пророка Исы, покинутой нами... Управляя заслонками в лабиринтах тайных ходов, мы умеем придавать ветру много голосов — от сладчайшего голоса любви до грозного, зовущего на смертный бой.

— Какую страну покинули ваши прапредки, ата? — попытался уточнить Алан. — Я понимаю языки Востока, но не могу определить ваш язык...

— Мы знали название своей родины, но за долгое время оно стерлось из нашей памяти! — ответил старец и немощной рукой показал на своды зала, испещренные клинописными знаками. — Письмена прапредков до сих пор таят в себе название нашей родины, но теперь уже никто не может их прочитать... От своего прадеда, который слышал это предание, я узнал, что великий полководец древнего народа вел несметные легионы в страну индов, но когда они проходили этими горами, случилось великое землетрясение, и легион, состоящий из людей нашего племени, был отрезан от остальных легионов лавинами и неприступными скалами...

— А как звали того полководца? — продолжал допытываться Алан.

— Письмена прапредков знают его имя, а старый Ассинарх не знает, — ответил старец и, сделав паузу, добавил: — Старый Ассинарх знает, что отец того полководца был царем и, уговаривая его не ходить в страну индов, так сказал: «Не ходи, сын, воевать индов с войском, ибо повозка золота возьмет любой их город быстрее войска!»

— Точно! Я так и думал! — воскликнул Алан. — Именно так сказал царь Македонии Филипп своему сыну Александру!

— Осмелюсь спросить, многоуважаемый Ассинарх, — произнес Сарматов, — почему вы, поклоняясь огню, называете его животворящим, разве огонь не спутник войн и смерти?

— Да, это так! — кивнул старец. — Но разве не огонь уничтожает следы чумы и других болезней?.. Разве не он согревает людей в холод и дождь, дает им вкусную пищу? Разве не огонь ненависти к злу, дарованный людям единым богом Ахурамазду, не дает злу подчинить себе всех людей? Разве не огонь любви, зажженный богом Ахурамазду в мужчине и женщине, дает новую жизнь?

Протянув руку сыну, старец кивком головы пригласил всех в первый зал, в котором теперь полыхал костер. Вокруг костра кружились в замысловатом танце полуобнаженные гибкие женщины. Их фигуры подчинялись тем же непривычным пропорциям, что и мужчин. У них была тоже иссиня-черная кожа, раскосые, уходящие уголками к вискам изумрудные глаза. Только ростом они были значительно ниже. Если бы не пышность форм, их легко можно было бы принять за девочек-подростков.

Засмотревшись на танцующих женщин, похожих на ожившие точеные эбеновые статуэтки, Бурлак наткнулся на Алана и процедил вполголоса:

— Блин, такую статуэточку на коленях подержать бы!..

— Марсиане тебе подержат! — прошептал Алан. — Вах! Амбал двинет — и прощай, мама!..

— Опять ты за свое! Ну какие они тебе марсиане? — чертыхнулся Бурлак.

— Слушай, я думаю, что их легион был доставлен Александру Македонскому на НЛО с другой планеты!..

— Сам ты доставлен с другой планеты, хазарин малахольный!

— Я?.. Я — хазар малахольный! — взвился Алан. — Тогда ты — рязан косопузый!

Взаимный обмен любезностями прервали окружившие Бурлака и Алана чернокожие танцовщицы. Они с легкостью бабочек порхали вокруг, неуловимыми движениями касаясь притихших бойцов, и тут же отступали прочь. Изумрудные глаза их были наполнены обещанием, а блуждающие по залу блики отражающегося в струях фонтана пламени делали их черные тела нереальными, фантастически красивыми, будто пришедшими из чудесного сна. Алан с присущим ему энтузиазмом пытался подстроиться под их танец, но его движения, как ни крути, более всего походили на родную лезгинку. Стушевавшийся Бурлак стоял как пень, не зная, куда деть ноги и руки. Увидев, что двое мужчин подносят к костру тушу быка, он поторопился к ним, бросив Алану на ходу:

— Я того... От греха подальше пойду лучше мужикам подсоблю!..

Старый Ассинарх остановился у озера, перед фонтаном, на пересечении струй которого по-прежнему покоился переливающийся хрустальный шар.

— Ваши люди веселы и приветливы. Я недоумеваю, как вы живете? Что едите? Во что одеваетесь? — осмелился задать вопрос Сарматов.

— У нас в ущелье есть поля пшеницы, проса и даже виноградники. Есть отары овец и другой скот. Днем мы работаем в долине, но на ночь уходим в гору. Теперь из вашей страны пришел сын шакала Абдулло. Он совершает сюда набеги, уничтожает посевы и виноградники, чтобы все ущелье засеять маком. Зелье, проклятое пророком Заратуштрой, дает ему ослепляющее душу золото, — сказал старец и отвернулся к шару.

Сарматов тоже перевел взгляд на фонтан.

— Шар ведь держится на струях фонтана, но, если напор воды уменьшится, он может упасть и разбиться? — спросил он старца.

Старец, не отрывая взора от шара, пояснил:

— Под этими горами течет Река Времени. Она начинается на ледниках Крыши мира и образует под нашей горой огромное озеро. Оно не может иссякнуть, как не может иссякнуть само время. Но... но если такое случится, — у людей горы будет меньше печали.

— Я снова не понимаю, о чем вы сказали!

— Мы не можем прочитать письмена прапредков и забыли свое имя, но нам еще ведома Память о Будущем, и она наполняет наши сердца печалью, — пояснил старец.

— То есть вы хотите сказать, что умеете предсказывать будущее? — переспросил Сарматов.

— К счастью нашему или к нашему горю, так оно и есть, — утвердительно закачал головой старец.

— Почему к горю? Вашему будущему что-то угрожает?

— Нашему — нет! — ответил старец. — Но в подлунном мире наступают Времена Великих Бед, и мы, зная о них заранее, скорбим, ведь они обрушатся на тех, с кем мы живем в одно время, на одной планете.

— Что же может произойти глобального? — пожал плечами Сарматов. — Разве что ядерная война?

— До того, как вспыхнет ее всепожирающий огонь... — произнес старец и умолк.

— Что до того?

— До того распадется на малые страны Великая северная страна — твоя страна, воин, — не отводя взгляда от пылающего красным шара, ответил старец. — Еще несколько малых ручьев вольются в реку пролитой в ней крови, и, выйдя из берегов, она снесет все преграды и унесет Великую Мечту людей твоего племени...

— Когда это произойдет? — недоверчиво спросил Сарматов.

Но старец, словно не слыша вопроса, продолжил:

— ...Преступления и блеск золота развратили ее вождей — на смену им придут еще более развращенные и поделят между собой то, что принадлежит всем. Тьма людей будет изгнана из своих домов, и они нигде не найдут пристанища. Дети будут обездолены, старцы обесчещены, мужчины и воины унижены, а юные дочери их и жены забудут про стыд и откажутся рожать детей. Место своих пророков займут чужие лжепророки, а свои пророки услышаны не будут...

— Когда это произойдет? — теряя терпение, вновь спросил Сарматов.

Старец, как и прежде, ничего не ответил, лишь монотонным голосом, словно читая молитву, продолжал изрекать:

— ...И вспыхнет огонь войны на окраинах и в центре страны, и будет он не очищающим от скверны, а сеющим семена раздора и зла. Зло долго будет править людьми, ибо их великим божеством станет золото.

— Когда это будет? — почти крикнул Сарматов.

Старец, оторвав взгляд от шара, ответил с глубокой печалью:

— Скоро...

— Как скоро? — растерянно спросил Сарматов.

— Поверь мне, до этого момента остался ничтожный отрезок времени в несколько лет.

Старец пытливо посмотрел в лицо Сарматова и спросил:

— А воина не интересует его судьба?

— Моя судьба?.. Если все будет так, как ты говоришь, то я разделю ее со всеми!

— Много тяжких испытаний и скорби ждет тебя, воин! — воскликнул старец и показал на американца. — Твоя судьба прочнее цепи связана с судьбой этого воина — твоего пленника, потому что тот, кому оба вы служите, носит имя — Долг. А спасут тебя Вера и Любовь.

— Все это вы видите в шаре? — спросил Сарматов.

— Да, Река Времени концентрирует в этом шаре Память о Будущем...

— Вы хотите сказать — о настоящем...

— Настоящее условно, воин! — покачал головой старец. — Скорость, с которой Будущее переливается в Прошлое, быстрее скорости стрелы.

Посмотрев в сторону веселящейся молодежи, старец произнес:

— На рассвете мои воины проводят вас до Главной реки. Пока же пусть твои воины, — он кивнул на Алана и Бурлака, — повеселятся... Им вскоре предстоит долгий путь... Самый долгий...

Произнеся это, старец повернулся и перебросился несколькими словами на незнакомом языке со своим сыном. Поняв, что старец собирается уходить, Сарматов спохватился.

— Разреши мне задать еще один вопрос? — выдохнул он, дотрагиваясь до плеча старца.

— Слушаю тебя, воин, — сказал тот, обернувшись.

— Когда закончится эта война?

— Через полгода. Для того, чтобы ее закончить, тебя и послали сюда...

Туман рассеялся. Сарматов открыл глаза и увидел над собой ярко-голубое небо, на котором не было ни единого облачка. Оглядевшись по сторонам, он понял, что лежит на плоту, рядом с ним лежали Алан, Бурлак и полковник-американец. Старый Вахид хлопотал, привязывая плот к какому-то чахлому кустику на берегу.

Старик заметил, что Сарматов пришел в себя, и кивнул ему. Майор встал и пошел на берег разведать местность. Когда он вернулся, Алан с Бурлаком уже сидели на валуне и что-то возбужденно обсуждали между собой. Американец сидел на краю плота, свесив ноги в воду. Лицо его было сосредоточено — видимо, какая-то мысль не давала ему покоя.

* * *

— Ну что, ребята, повеселились в подземном царстве, пора и в путь, — громко сказал Сарматов. — А кто-нибудь из вас помнит, как мы наружу выбрались?

— Вахид откопал, наверное...

— Что значит откопал? — нахмурился Сарматов. — Вы о чем?

— Ну, если, когда мы очнулись, песка на нас не было, значит, его с нас кто-то счистил. И я лично сильно подозреваю, что это сделал Вахид, так как больше просто некому было, — пояснил Алан.

— Да я вовсе не о том говорю, ребята. Я спрашиваю, кто-нибудь помнит, как мы из подземелий выбрались? — снова спросил Сарматов.

Бурлак с Аланом переглянулись, затем непонимающе посмотрели на командира.

— Ты, командир, часом, не заболел ли? — осторожно спросил Бурлак. — О каких подземельях речь?

— Как о каких? Вы что же, не помните ничего?

— Говори ясней, командир, — попросил Алан. — Я ничего не понимаю.

— И пещер не помните, и старца Ассинарха, и народ его? А танцовщицы! Вы что же, черти, и танцовщиц забыли?

— Командир, может, тебе того, соснуть лучше? — с тревогой в голосе спросил Бурлак.

Сарматов некоторое время размышлял. Удивительное дело, но, видимо, на самом деле, кроме него, никто больше не помнит о том, что произошло с ними во время самума. Что ж, может, оно и к лучшему.

— Ладно, ребята, я пошутил, — сказал Сарматов. — Хотел вас подколоть, да вы больно серьезными оказались.

Алан с Бурлаком облегченно вздохнули.

— Пора нам прощаться с Вахидом и дальше топать на своих двоих, — резюмировал Сарматов. — Путь неблизкий, поэтому стоит поторопиться...

* * *

После кроваво-красного самума, пронесшегося над изрезанной трещинами и провалами округлой, как глобус, поверхностью ледника, звезды, разом высыпавшие на небе, казались особенно крупными и яркими. На северо-востоке величаво выплыл полумесяц луны, осветивший мерцающим мертвенно-белесым светом ледник и вздымающиеся к звездам снежные пики гор. Провалы и трещины обозначились извилистыми черными полосами, среди которых, держась друг за друга, курсом прямо на луну тащились по мертвому ледяному пространству два человека, будто плыли в небе два блуждающих призрака среди нереально близких звезд.

— Стой! — просипел, дергая Савелова за рукав, Шальнов. — Опасно здесь — еще в трещину, чего доброго, улетим... Надо связаться веревкой...

Сняв рюкзак, он достал моток веревки и обмотал ею капитана. Тот, покачиваясь, стоял, еле держась на ногах. Глаза его были закрыты, он никак не реагировал ни на действия, ни на слова Шальнова. Казалось, разразись сейчас ядерная война, Савелов все равно не нашел бы в себе сил пошевелиться.

— Не спи, Савелов! — толкнул его Шальнов, пытаясь негнущимися, отмороженными пальцами завязать на груди капитана узел.

В конце концов поняв, что руками ему этого сделать не удастся, Шальнов затянул узел зубами, оставляя на веревке куски примерзшей с губ и десен кожи. Кропящая изо рта кровь сразу превратила веревку в сосульку.

— Не спи, Савелов! — снова затормошил он раскачивающегося из стороны в сторону капитана. — Не спи, иначе хана!..

— А?.. Что?.. Где я?.. — очнувшись, вскинулся тот и, увидев перед собой лицо Шальнова, отшатнулся. — А?.. Ты кто?.. Кто ты?.. — выкрикнул он, стараясь оттолкнуть лейтенанта.

— Повело тебя, капитан, — догадался опешивший было Шальнов. — На высоте такое бывает...

— Кто ты?.. Что тебе надо от меня? — дико вращая глазами, продолжал выкрикивать Савелов.

— Рацию доставай... Пора в эфир выходить...

— А?.. Что?.. Какую рацию?..

— В эфир, говорю, пора выходить!.. — повторил Шальнов.

— А-а-а!.. — наконец дошло до Савелова. — В эфир!..

Его негнущиеся пальцы никак не могли справиться с тумблером на панели рации, и он протянул ее Шальнову:

— Говори ты, лейтенант!

— Всем погранзаставам Памира... Всем, кто слышит меня... — уносился к звездному небу и к лунному полудиску сиплый, наполненный мольбой голос Шальнова. — Я капитан Савелов... Капитан Савелов... Нахожусь в квадрате одиннадцать — четыре, два... Повторяю: одиннадцать — четыре, два...

Голос Шальнова звучал у крутого скоса ледника из рации в руках подполковника Сизова:

— ...Обеспечьте эвакуацию... Повторяю: имею ценный заморский груз... Обеспечьте эвакуацию...

— Голос вроде бы не тот, товарищ подполковник, — произнес сержант-радист, принявший первое сообщение Савелова. — У того тембр был выше...

— На высоте тембр голоса меняется, сержант, — отмахнулся Сизов, поворачиваясь к сгрудившимся поодаль солдатам: — Всем обвязаться веревками по трое и идти за мной, след в след! Поняли, парни?

Врубая в ледяные откосы крючья, высекая во льду ступени или просто подстраховываясь вогнанными в лед ледорубами, восемь солдат во главе с Сизовым под утро преодолели ледовый барьер у основания ледника и поднялись на покатое плато.

— Смотрите в оба, ребятки! — смахнув пот с намазанного медвежьим жиром лица, пробасил Сизов. — Если вдруг «духи» объявятся, то чтоб без судорог — огонь на поражение!.. И помните первую воинскую заповедь: сам погибай, а друга прикрой, ясно?

— Ясно, батя! — выдохнули солдаты, поблескивая в утренних синих сумерках намазанными медвежьим жиром запаленными мальчишескими лицами.

— Коли ясно, айда в заоблачные сферы, ребятки!

Солдаты рассыпались по леднику и начали медленно продвигаться вперед, тщательно осматривая все провалы и щели на неровной, изрезанной поверхности ледника...

Утренние сумерки отбрасывали на покатую поверхность ледника голубоватые блики, коварно скрывающие очертания щелей и провалов. Идущий впереди Шальнов остановился, чтобы получше разглядеть их сквозь распухшие веки. Определив направление, он дернул привязанную к руке веревку, соединяющую его с Савеловым.

— Двигай ногами, капитан! — просипел он. — Упадешь, так мигом в чистилище без пересадки отправишься!..

Савелов, борясь с наваливающимся, словно ватное одеяло, сном, брел вслед за Шальновым, механически передвигая ноги. Через некоторое время лейтенант остановился и щелкнул тумблером рации. Щелкнул еще раз, два, три и, со злостью отбросив ее на снег, повернулся к стоящему шагах в пяти Савелову.

— Аккумулятор от мороза сдох! — сказал он, с трудом ворочая языком. — Больше нас никто не услышит, капитан!..

— Никто не услышит! — эхом повторил тот и вскинул пулемет. — Ты прав — никто не услышит! Никому мы теперь не нужны... Никому... И она нам не нужна... такая жизнь — кошка драная... Пыль мы на ветру... — стал бормотать Савелов, пытаясь всунуть распухший палец в кольцо гашетки, но палец не влезал.

Шальнов молча вырвал из его рук пулемет и наотмашь ударил Савелова ладонью по белой, обмороженной щеке.

— Всякого я от тебя ожидал, но только не этого, Савелов! — с нескрываемой горечью просипел он. Выдавив из окровавленного рта горький смех, Шальнов закинул пулемет Савелова за плечо и упрямо потянул его на веревке в сторону, где горели нежно-розовым светом заснеженные пики все еще очень далеких гор.

Пурпурное солнце, неожиданно выкатившееся из-за вершин, залило поверхность ледника обжигающим светом. У Шальнова и Савелова от нестерпимого сияния сразу начали течь из глаз слезы, чтобы тут же превратиться на щеках в ледяную корку.

Кособочась от ветра, спотыкаясь на одеревеневших от лютого мороза непослушных ногах, не позволяя себе и минутного отдыха, шагал вперед Шальнов, с силой дергая порой веревку, на которой мотался из стороны в сторону засыпающий на ходу Савелов.

— Не спи, замерзнешь, капитан! — сипел Шальнов. — Не спи, тебе говорю!..

И вдруг за спиной лейтенанта внезапно раздался резкий вскрик, и, обернувшись, он не обнаружил капитана, а через мгновенье какая-то неведомая сила сбила его с ног и потащила на веревке к расщелине, которую он только что обошел. Сдирая до костей негнущиеся пальцы, Шальнов пытался зацепиться хотя бы за что-нибудь, но это ему не удавалось, и он стал проваливаться вслед за Савеловым в сверкающую алмазными гранями бездну...

* * *

— Батя!.. Товарищ подполковник! — крикнул белобрысый старший сержант и показал подскочившему Сизову на черный прямоугольник рации, лежащий на вытоптанном снегу. — Двое их!.. Следы от наших десантных говнодавов!..

— Часа два назад тут топтались, — заметил подполковник, поднимая рацию. — Ребята, глаз-ватерпас — шарьте по щелям, где-то рядом они!..

Забыв про мороз и усталость, солдаты стали лихорадочно обшаривать щели и разломы на сверкающей поверхности ледника, залитого ярким солнцем.

Наконец раздался крик радиста:

— Батя, я нашел!.. Здесь они!..

Вслед за подполковником Сизовым в расщелину спустились трое солдат. У одного из них была санитарная сумка с красным крестом. Он тут же бросился к Савелову и приложил ухо к его груди.

— Жив и даже не очень побился! — торжествующе крикнул солдат.

Сизов пошел по уходящей за ледяной выступ веревке и, заглянув за него, застыл — на ледовых ребрах расщелины было распластано окровавленное тело человека в незнакомой изодранной униформе, на которой еще можно было рассмотреть шеврон с орлом и надписью «Армия Соединенных Штатов Америки».

— Американец, батя? — удивленно спросил у Сизова кто-то за спиной.

— Это что же получается? Наш в трещину улетел, а этот... американец спасал его, что ли? — тихо осведомился белобрысый старший сержант. — Там, наверху, в расщелину две кровавые борозды идут, — пояснил он в ответ на вопросительный взгляд Сизова.

Рука подполковника потянулась к шапке, но голос санитара заставил его поспешно отдернуть от нее руку.

— Дышит еще, батя! — укоризненно сказал тот. — Но кровищи потерял — больше некуда...

— Ребятки мои! — спохватился Сизов. — Что ж мы стоим остолопами?! Спиртом их растирать... и внутрь, а потом медвежьим салом — может, спасем еще, ребятки!.. Сверхлюди они, коль этот треклятый ледник одолели!..

— Чего они через ледник-то поперлись? — протянул санитар.

— Значит, нужда или военная необходимость в том была! — строго оборвал его подполковник и подхватил на руки застывшее, без каких-либо признаков жизни тело лейтенанта Шальнова, одетого в изодранную униформу «зеленых беретов» армии США.

* * *

Вырвавшаяся из тесноты ущелий река широко разливалась по «зеленке», окаймляющей предгорья, за которыми взметнулись ввысь заснеженные пики хребта. Дикие берега реки были покрыты высокими, по пояс, травами и широколистными кустарниками. Из глубины «зеленки» порой неслись трубные звуки самцов-оленей, заполошное хлопанье крыльев перепелов и жирных фазанов.

Американец перевел взгляд с «зеленки» на просвечивающие сквозь кроны деревьев заснеженные вершины и воскликнул:

— Какой дикий, первозданный мир!

— У меня этот первозданный уже в печенках! В горах хоть видно далеко, а здесь за каждым кустом «дух» ждать может, — хмуро бросил Сарматов. — Под ноги глядите, мужики, как бы на змеюку не напороться! — предупредил он шагающих впереди Алана и Бурлака.

— Почему вас не ищут со спутника, майор? — допытывался американец.

— Не ищут... значит, никто из ребят капитана Савелова к нашим не прорвался, — с горечью ответил тот. — Или произошло что-то незапланированное...

— Или информация, которую ждет от меня Лубянка, устарела, — подхватил мысль полковник. — А может, твои боссы нашли другое решение проблемы?

— Это было бы свинством с их стороны.

— Скажу тебе по секрету, майор, — хмыкнул американец. — Среди политиков и высших чинов спецслужб очень часто встречаются свиньи.

— Что, и у вас там в ЦРУ тоже бардака хватает? Кстати, полковник, профессионалы из ЦРУ тебя тоже не ищут из космоса, хоть и знают, что ты жив. Почему?..

— Ответить пока не могу. Может, ждут сигнала от моего радиомаяка...

— Не понял?

— Часы, которые ты у меня конфисковал при захвате и выбросил в реку, были снабжены радиомаяком с моим личным кодом. Хорошие часы, в титановом корпусе — подарок шефа в Лэнгли. Лучше бы ты взял их себе на память о нашей встрече.

— Я похож на мародера? — поднял брови Сарматов. — Руку твою тогда разнесло так, что браслет на ней не сходился. Впрочем, о радиомаяке в часах я тогда подумал. Приходилось с такими штуками дело иметь...

Американец бросил на него косой взгляд:

— Оставил бы часы — группа твоя не погибла бы...

Сарматов обжег полковника гневным взглядом, но сдержался.

— Плечо болит? — поменял он тему разговора.

— О, эта проблема почти снята! — Американец поднял руку и энергично сжал пальцы в кулак. — Но осталась другая проблема. Скажи, майор, как твои объяснят мой захват?

— А никак... Мы тебя взяли на афганской территории, на которой мы находимся по просьбе афганского правительства с «интернациональной» миссией.

— Я не об этом, — отмахнулся американец. — Как ты думаешь, что от меня хотят на Лубянке?

— Я же сказал, это не мои проблемы! — отрезал Сарматов.

— И все же! — не отставал американец. — Они ведь для того, чтобы меня заполучить, суперпрофи не пожалели. Не нравится мне вся эта история, Сармат.

— Признаться, мне тоже, полковник. Американец бросил на Сарматова задумчивый взгляд.

— Ты что-то слишком откровенен со мной. Почему бы это? — спросил он через паузу. — Хочешь не хочешь, а русские с американцами враги.

— У тебя искаженное представление о русских, только и всего, — пожал плечами Сарматов. — Впрочем, это тоже не моя забота.

— Странно, — пристально глядя на него, сказал американец. — Иногда мне кажется, что мы с тобой знакомы всю жизнь и, если бы встретились при других обстоятельствах, то, скорее всего, стали бы друзьями. Но иногда ты мне кажешься заклятым врагом, с которым нет никакого резона пытаться искать общий язык.

— Я человек войны, полковник. А войны, кроме пушечного мяса, требуют таких, как мы с тобой, будь мы трижды прокляты! Наверное, поэтому между нами много общего.

— Войны — двигатели прогресса, — саркастически усмехнулся американец. — Они всегда были и будут, во всяком случае в обозримом будущем мы с тобой без работы не останемся.

— О прогрессе можно спорить, но то, что война и убийство заложены природой в человека, тут не поспоришь, – отозвался Сарматов. – Я много раз поражался, как в первом же бою с молодыми солдатами происходит какое-то странное преображение... Изменяются походка, лицо, глаза... В них пробуждается что-то очень древнее... На генетическом уровне воин пробуждается, так, что ли?.. Но в то же время сразу почему-то становится понятно, что некоторым из них природой не дано стать воинами, даже если они будут очень стараться подавлять в себе страх.

– Ты осуждаешь их?

– Как можно осуждать березу за то, что она белая, а сосну за то, что на ней растут иголки? Я просто говорю о том, что солдатами, на мой взгляд, все же рождаются...

– Согласен, Сармат, – кивнул американец и неожиданно спросил: – Откуда у тебя такая фамилия? Я размышлял над этим, но мне кажется сомнительным факт, что ты потомок скифов-сарматов.

– Все мы в России потомки скифов-сарматов, – усмехнулся майор. – Говорят, мой далекий предок для полководца Суворова однажды степного коня объезжал, тот увидел, как он с диким жеребцом управляется, и назвал его в шутку Сарматом, ну, а мы, потомки его, стали Сарматовыми. До революции мои деды и прадеды коней разводили, даже к царскому двору чистокровных дончаков поставляли. Кстати, а как твоя фамилия, полковник?

– Джордж Метлоу, – с кривой усмешкой ответил тот.

– Настоящая или опять липовая, как в Никарагуа? Тогда, если мне не изменяет память, ты был неким Френсисом Корнелом?

– Нет, эта настоящая, – улыбнулся американец. – Ну вот, можно считать, что я сделал Лубянке первое признание.

Солнце между тем клонилось к закату. Низкие лучи просвечивали «зеленку» и широкую каменистую пойму реки нестерпимо ярким светом. Зубчатые скалы, нависающие впереди, плыли в жарком мареве испарений, будто по воздуху, и казались они сейчас призрачными замками из восточных сказок о приключениях Синдбада-морехода. И фигуры бредущих впереди Алана и Бурлака тоже казались нереальными. Но вот Алан и Бурлак замерли на месте. Вглядываясь вперед, они стали к чему-то тревожно прислушиваться.

Сарматов сорвал с плеча пулемет и тоже насторожился, стараясь понять, что взволновало бойцов, но все посторонние звуки гасил сильный рокот воды между округлыми речными валунами. Вертолет, неожиданно вырвавшийся из-за нависшей над «зеленкой» зубчатой скалы, застал группу врасплох. До ближайших кустов по обе стороны поймы было метров по сто. Пилоты явно засекли заметавшуюся группу вооруженных людей и, держась в створе солнечного шара, направили вертолет черным хищным зверем прямо на них.

— Из-за ярила-светила не пойму: то ли за тобой твои профи «Апач» прислали, то ли наши за нами «Камова», — вскинув вверх ствол пулемета и до рези в глазах всматриваясь вверх, процедил сквозь зубы Сарматов.

— Увы, за вами! — обреченно воскликнул американец, увидев сверкнувшие под фюзеляжем вертолета не привычные салазки, а шасси с резиновыми колесами, и, тяжело вздохнув, добавил: — Бог опять тебе помогает, Сармат.

Гул вертолета перекрыл грохот появившихся из-за размытого на горизонте хребта двух истребителей Су-25. Они пронеслись над рекой и сразу же пошли на разворот.

— На этот раз все путем — вертушка с прикрытием! — проорал в восторге подбежавший к Сарматову Бурлак. — Значит, прорвались к нашим мужики Савелова, прорвались, командир! Прорвались!!!

— Прорвались, — вторил ему Алан и, прыгнув на плоскую каменюку, зашелся в лезгинке — неистовой пляске кавказских гор.

— Наши!.. — не веря своим глазам, чуть слышно произнес Сарматов.

Значит, жизнь продолжается.

И кажется ему, что там, где сияет клонящийся к закату золотой диск жаркого афганского солнца, пластается над зубчатыми скалами белогривый аргамак из его далекого донского детства, и несется он в бешеном намете по багряно-лиловому небосводу все дальше и дальше...

Литературно-художественное издание

Звягинцев Александр Григорьевич

Сармат. Группа первая. Резус положительный

Роман

Ответственный за выпуск *Д. Хвостова*

Технический редактор *Т. Тимошина*

Корректор *И. Мокина*

Компьютерная верстка *И. Михайловой*

ООО «Издательство Астрель»
129085, г. Москва, пр-д Ольминского, 3а

ООО «Издательство АСТ»
141100, РФ, Московская обл., г. Щелково, ул. Заречная, д. 96

Вся информация о книгах и авторах
«Издательской группы АСТ»
на сайте: www.ast.ru

Заказ книг по почте:
123022, Москва, а/я 71, «Книга-почтой»,
или на сайте: www.shop.avanta.ru
По вопросам оптовой покупки книг
«Издательской группы АСТ» обращаться по адресу:
г. Москва, Звездный бульвар, д. 21, 7-й этаж
Тел.: (495) 615-01-01, 232-17-16

Отпечатано с готовых файлов заказчика в ОАО «ИПК
«Ульяновский Дом печати». 432980, г. Ульяновск, ул. Гончарова, 14

РЕГИОНЫ:

- Архангельск, 103-й квартал, ул. Садовая, д. 18, т. (8182) 65-00-95
- Белгород, Народный б-р, д. 82, т. (4722) 32-53-26
- Владимир, ул. Дворянская, д. 10, т. (4922) 42-06-59
- Волгоград, ул. Мира, д. 11, т. (8442) 33-13-19
- Екатеринбург, ул. Сулимова, д. 50, ТРК «Парк Хаус», т. (343) 216-55-02
- Ижевск, ул. Автозаводская, д. 3а, ТРЦ «Столица», т. (3412) 90-38-31
- Калининград, ул. Карла Маркса, д. 18, т. (4012) 71-85-64
- Краснодар, ул. Дзержинского, д. 100, ТЦ «Красная площадь», т. (861) 210-41-60
- Красноярск, пр-т Мира, д. 91, т. (3912) 23-17-65
- Курган, ул. Гоголя, д. 55, т. (3522) 43-39-29
- Курск, ул. Радищева, д. 86, т. (4712) 56-70-74
- Курск, ул. Ленина, д. 11, т. (4712) 70-18-42
- Липецк, пл. Коммунальная, д. 3, т. (4742) 22-27-16
- Мурманск, пр-т Ленина, д. 53, т. (8152) 47-20-43
- Новосибирск, ул. Ватутина, д. 107, ТЦ «Мега», т. (383) 230-12-91
- Пенза, ул. Московская, д. 83, ТЦ «Пассаж», т. (8412) 20-80-35
- Пермь, ул. Революции, д. 60/1, ТЦ «7 пятниц», т. (342) 233-40-49
- Ростов-на-Дону, Новочеркасское ш., д. 33, ТЦ «Мега», т. (863) 265-83-34
- Рязань, Первомайский пр-т, д. 70, корп. 1, ТЦ «Виктория Плаза», т. (4912) 95-72-11
- Самара, ул. Дыбенко, д. 30, ТЦ «Космопорт», т. 8-908-374-19-60
- Санкт-Петербург, Гражданский пр-т, д. 41, ТЦ «Академический», т. (812) 380-17-84
- Санкт-Петербург, ул. Чернышевская, д. 11/57, т. (812) 273-44-13
- Санкт-Петербург, Лиговский пр-т, д. 185, т. (812) 766-22-88
- Тверь, ул. Советская, д. 7, т. (4822) 34-53-11
- Тольятти, ул. Ленинградская, д. 55, т. (8482) 28-37-68
- Тула, ул. Первомайская, д. 12, т. (4872) 31-09-22
- Тула, пр-т Ленина, д. 18, т. (4872) 36-29-22
- Тюмень, ул. М.Горького, д. 44, стр. 4, ТРЦ «Гудвин», т. (3452) 79-05-13
- Уфа, пр. Октября, д.26-40, ТРЦ «Семья», т. (3472)293-62-88
- Чебоксары, ТЦ «Мега Молл», ул. Калинина, д. 105а, т. (8352) 28-12-59
- Череповец, Советский пр-т, д. 88а, т. (8202) 53-61-22
- Ярославль, ул. Свободы, д. 12, т. (4852) 72-86-61

Широкий ассортимент электронных и аудиокниг
ИГ АСТ Вы можете найти на сайте www.elkniga.ru

Заказывайте книги почтой в любом уголке России
123022, Москва, а/я 71 «Книги – почтой»
или на сайте: shop.avanta.ru

Курьерская доставка по Москве и ближайшему Подмосковью:
Тел/факс: +7(495)259-60-44, 259-41-71

Приобретайте в Интернете на сайте: www.ozon.ru

Издательская группа АСТ www.ast.ru
129085, Москва, Звездный бульвар, д. 21, 7-й этаж
Информация по оптовым закупкам: (495) 615-01-01, факс 615-51-10
E-mail: zakaz@ast.ru

Издательская группа АСТ